JN063638

ガルダ
アビー
コレット

ミラ

暗黒竜王レベル１に転生

いずれ神も魔王も超えて
最強の座に君臨する

六志麻あさ

ぶんか社

C O N T E N T S

第１章　暗黒竜王に転生

王都は、既に壊滅状態だった。

「な、なんだよ、この化け物どもは……っ！」

俺は眼前に広がる惨状を見て呻《うめ》いた。

――ぐうぅぅぅぅおおおおおおおおんっ！

響き渡る咆哮《ほうこう》。全長30メートルを超える石や金属製の巨人――ゴーレムたちが、あちこちで王都の建物を破壊している。全部で百体以上はいるだろうか。

「ひ、ひいっ、助けて……ぎゃあっ！」

「く、来るなぁぁぁっ……ぐ、がぁっ……」

人々はゴーレムに踏み潰され、次々と物言わぬ屍《しかばね》に変わっていく。周囲は無数の瓦礫《がれき》と、人間の肉片や骨、臓物《ぞうもつ》で溢《あふ》れ返っていた。まさしく地獄絵図だ。

俺たちエレノア王国騎士団は、奴らに立ち向かうことさえできなかった。

巨大すぎる体に俺たちの剣や槍が通じるはずもない。矢を射掛けてもどうにもならない。大砲でさえ、さしたるダメージを与えられない。

戦闘開始からわずか十数分、騎士団は半ば壊滅状態に陥っていた。

「ひ、怯《ひる》むな！　王国の民を守るんだ！」

俺は必死で味方に呼びかける。

そうだ、ここで俺たちが踏ん張らなければ、誰が人々を守るんだ。体を張れるのは、俺たち騎士団しかいない。

「が、ガルダ！　このままじゃ……きゃ……ぁっ……」

かすれた悲鳴がすぐ近くで聞こえた。

「カレン……？」

聞き覚えのある声にハッとなって振り返る。

カレンは俺の先輩であり、ひそかに想いを寄せていた女騎士だった。さっきまで、俺の背後を走っていたはずだ。

振り返った俺の目の前には、ひときわ巨大なゴーレムが立っていた。全長100メートルはあるだろうか。

「ぐへへへ……」

ゴーレムが笑いながら足をどける。糸を引いた血だまりの中に、ぐちゃぐちゃに圧潰《あっかい》した肉片が散らばっている。もはや人間としての原形をまったく留《とど》めていない――。

「カレンっ⁉　う、うわぁぁぁぁぁぁぁっ！」

俺は絶叫した。理性も、闘志も、一瞬にして吹き飛んでいた。

怖い。逃げたい。死にたくない――。

騎士としての使命感で抑えこんでいた思いが溢れ出す。

周囲を見回せば、ゴーレムによって他の騎士たちも次々と潰され、吹き飛ばされ、あるいは食いちぎられていた。

次は俺の番だろうか。考えただけで恐ろしい。

しかも、相手はゴーレムだけじゃない。

――轟《ごう》っ――！

突如、視界が赤く染まった。空の上から、ドラゴンの軍団が一斉に炎を吐き出したのだ。瓦礫の街が火の海に変わる。

「ぎゃあああああああああああああああっ！」

「ひぃいいいいいっ」

「助けてえええええっ」

逃げ惑う人々を、ドラゴンの炎が容赦なく焼き払っていく。悲鳴と絶叫が重なるが、それもどんどん消えていく。

肉の焼ける香ばしいにおいが充満し、吐きそうになる。

「やめろ……もうやめてくれ……」

俺はその場に崩れ落ちた。戦う気力が萎《な》えていく。いや、もうこれは戦いじゃない。一方的な虐殺だ――。

その時、ゴーレムに踏み潰されそうになっている小さな女の子が見えた。

「逃げろ！」

俺は絶叫した。力の入らない体に鞭《むち》打ち、無理やり立ち上がる。

くそ、こんなことをしても、みんな殺されるだけなのに——！

分かっていながら、俺は止まらなかった。全力で走り、少女を突き飛ばす。

その直後、

「がっ——あぁっ……！」

全身に掛かる、すさまじい荷重。一瞬のうちに肉が、骨が、内臓が、断裂し、圧潰する。

激痛と共に、意識が急速に薄れていく。

ああ、俺は死ぬのか——。


『【闇】の紋章の起動を確認』

『暗黒竜王《あんこくりゅうおう》の依《よ》り代《しろ》を規定』

『照準固定、精神体射出』

『適合性確認……完了』

『融合に成功しました』

『これより王国騎士ガルダ・バールハイトを新たな「暗黒竜王」として定義——』


そして……俺は目を覚ました。

今さっき妙な言葉を聞いた気がする。確か暗黒がなんとかって……あれはどういう意味だ。

そう言葉に出そうとしたが、

「きゅいいいいん」

喉から出たのは、妙な鳴き声だった。

周囲を見ると、王都ではなかった。鬱蒼《うっそう》と茂る森の中だ。

いや、変わっているのは場所だけじゃない。

「きゅううん？」

体を見下ろし、ギョッとなった。鱗《うろこ》に覆われた蛇状の体だ。

なんだよ、これ⁉　明らかに人間の体じゃない！

『それは現状に対する疑問、ということでいいのかしら？』

頭の中にいきなり声が響いた。雰囲気からすると、十代くらいの女の子のものだろうか。

混乱する俺に、声は告げる。

『私はあなたに宿った竜王級鑑定スキル。「導きの声《ナビゲーションシステム》」よ』

ナビゲーション……？

『現在のあなたの状態、あるいは他の生物の状態、環境……などなど、知覚できる範囲ならなんでも答えられるわよ』

俺の疑問になんでも答えてくれる声、ってことか……？

『私が知覚できることで、かつ私の知識の範囲内でならね』

ナビゲーションシステムとやらはそう言った。長ったらしいからナビとでも呼ぶか。

……などと、早くも今の状況に順応し始めている自分に軽く驚きつつ、尋ねる。

教えてくれ。今の俺は一体どうなってるんだ？　体が蛇みたいに変わってるんだが……？

『そうね……まずステータスを見てもらうのが早いかしら。【ステータスオープン】！』

ナビの声が高らかに響く。

〜〜〜〜〜〜〜〜〜〜〜〜〜〜〜〜〜〜〜〜〜〜〜〜〜〜〜〜〜〜〜〜〜〜〜〜〜

称号：暗黒竜王　種族：ベビードラゴン　形態：スネークタイプ

ＬＶ：１　ＨＰ：８　ＭＰ：10　攻撃力：６　防御力：３　素早さ：14　★：７

○所持スキル

【鑑定（竜王級）】ＬＶ１　【噛《か》みつき】ＬＶ１　【体当たり】ＬＶ１　【滅びの光芒《ライトニングバニッシャー》】ＬＶ１

〜〜〜〜〜〜〜〜〜〜〜〜〜〜〜〜〜〜〜〜〜〜〜〜〜〜〜〜〜〜〜〜〜〜〜〜〜

俺の前方に、そんな文字列が浮かび上がった。

暗黒……竜王？

なんだか仰々しい称号だ。どこかで聞いた気がする言葉だが……駄目だ、はっきり思い出せない。

だいたい、竜王なんていう割に、俺の姿は随分と貧相な気がするぞ。目で見える範囲で自分の体を見た感じだと、多分体長１メートル程度の蛇……に似た姿だと思う。

『そうね。正確には現在のあなたは体長1．02381メートルよ。四肢はなく蛇同様の姿。角や翼もないわね』

と、細かい情報をナビが教えてくれる。

『あ、今の自分の姿が気になるよね。これで確認できるかな？【映像表示】！』

その言葉と共に、俺の前方にモンスターの姿が浮かび上がった。

予想通り体長1メートルくらいの、頭は竜、四肢のない蛇のような姿……って、これが俺⁉

『そ。あなたの姿を実寸大で表示したのよ』

あらためて現実を突きつけられてしまった。

俺はもう人間じゃない、ドラゴンになってしまったんだ……。

これから、どうすればいいんだろう……？

途方に暮れた俺がため息を吐《つ》くと、しゃー、と蛇が威嚇《いかく》するような呼気が口から漏れてきた。人間の時みたいに上手《うま》く吐息《といき》が出ない。

これが夢――それも悪夢の類《たぐい》――だという可能性を考えたが、それにしては感覚がリアルすぎる。

残念ながら現実のようだ。

しばらくの間、俺は呆然《ぼうぜん》としっぱなしだった。

だが人間とは不思議なもので、こんなふうにあり得ない出来事が我が身に起こっても、時間が経つにつれて少しずつ気持ちが落ち着きを取り戻し、思考が整理されていく。

これが現実だと認めた上で、俺はどうすればいいのか。

そもそも俺はどうしてこんなことになったんだ？

『人間だったあなたは、戦いで殺され、竜に転生したのよ』

俺は殺されたのか。おそらく、あの王都での戦いで、ゴーレムやドラゴンの軍勢に呆気《あっけ》なく……。

叶《かな》うことなら人間に戻りたい――。経緯を聞いて思ったのは、それだ。

だが、ナビは非情な事実を告げてきた。

『残念だけれど、もう人間に戻ることはできないわ』

じゃあ、ずっとこの姿のままなのか……？

『一時的に人間の姿になりたい、ということなら方法はあるわ。高レベルの竜は人化《じんか》の術を会得《えとく》できるの。ただし、今のあなたのレベルでは無理ね。そもそも竜語魔法すら扱えないもの。レベルを上げ、竜語魔法を操れるような眷属《けんぞく》に「進化」すれば、可能性はあるわ』

と、ナビは言った。

人化の術……か。読んで字のごとく、人に化ける魔法なのだろう。そのためにはまず『竜語魔法』なるものが必要なのだそうだ。

ナビはさらにこう続けた。

『あなたは、今はまだドラゴンとして最弱の部類よ。だけど「竜王《ドラゴンロード》」の称号持ちだからね。進化を重ねていけば、いずれは最強の竜種になれるはず』

レベル上げと進化。正直、今の俺はいきなり竜になってしまって戸惑っている。

けど、当面の目標ができたことで、行動する気力も湧いてきた。

まずは、進化して強くなることを目指してみよう。

エレノア王国に所属する騎士であった俺は、王国を侵略してきた軍勢との戦いで殺され、竜に転生してしまった、らしい。

荒唐無稽《こうとうむけい》な話なのに、意外なほど俺の頭は冷静に現状を把握し、納得した。

あるいは、頭の中のどこかが麻痺してしまったのかもしれない。惨《むご》たらしく殺されていく人たちや、一矢も報いられず散った仲間たち。

カレンを踏み潰したあのゴーレムと、一瞬で変わり果てた姿となったカレンの最期……。

脳裏に蘇《よみがえ》った光景に、苦しみが、悲しみが、怒りが、憎しみが、心の中を埋め尽くしていくのを感じる。

――駄目だ。今は、過去のことは考えるな。いつまでも囚《とら》われている場合じゃない。前を向かなければならない。

俺はそう自分自身に言い聞かせた。あるいはこれこそドラゴンとしての生存本能なのかもしれない。死を回避し、為《な》すべきことを為すための力なのだろう。

まずは生き残ること。そして強くなること。今はそれ以外のことは考えなくてもいい。

人間の場合、鑑定スキルを持つ者が見れば、その者の力量が数字として見える。これが『レベル』だ。鍛錬などで力量が上がれば、その者のレベル数値も上がっていく。モンスターのレベルも同じ概念なんだろうか。

ナビ、教えてくれ。レベルを上げたり進化するにはどうすればいいんだ？

『どちらも、基本的にはモンスターを倒すことで達成できるわ』

俺の問いにナビが答える。

『まずレベル上げから説明するわね。モンスターを倒すと「経験値」が手に入るの。この経験値が既定の数値を超えると、レベルが上がるわ』

経験値、か。強くなるタイミングが漠然《ばくぜん》とでも分かるのは便利だ。

『次に進化ね。特定のモンスターを倒した場合に「進化の宝玉《ほうぎょく》」を得られるの。これによって「進化ポイント」という数値が貯まり、これも既定の数値を超えれば進化できるわ。ちなみに、進化する時にはいくつかの進化先候補が提示されるから、自分で選ぶことができるわよ。まあ、これは実際に進化できるようになったら詳しく説明するわね』

なるほど。じゃあ、とりあえず俺がやるべきなのはモンスターを倒しまくれってことか。

『その理解でおおむね間違いないわ。それがあなたが強くなるための基本的な道のりね』

理解できたよ。よし、頑張ってみるか。

しかし、行動に移るに当たって重要なことがある。

この姿でどれくらい戦えるんだろうか、ということだ。

人間だった時の俺は、王国が誇る騎士団で指揮を執《と》っていた。しかも、自分で言うのもなんだが、王国でも指折りの実力を誇っていたのだ。誰からともなく、『騎士の中の騎士』なんて呼ばれることもあったくらいだ。

　その時の剣技があればある程度の強さのモンスターを問題なく狩れる自信があった。けど、今の俺は蛇みたいな体になっている。当然、剣なんて使えるわけもない。なんとかこの体で戦える方法を見つけ、モンスターを地道に狩っていくしかない。

『おあつらえ向きに、最初の獲物が来たみたいよ』

　考えていると、ナビがそう告げた。

　獲物……？　周囲を見回すと、背後の茂みがガサガサと揺れていた。その向こうから――青い肌をした身長１メートルくらいの小鬼が現れる。

～～～～～～～～～～～～～～～～～～～～～～～～～～～～～～～～～～～～～
称号：なし　種族：ブルーゴブリン　形態：ヒューマンタイプ
ＬＶ：３　ＨＰ：20　ＭＰ：０　攻撃力：13　防御力：７　素早さ：５　★：２

○所持スキル
【突進】ＬＶ３　【格闘】ＬＶ２
～～～～～～～～～～～～～～～～～～～～～～～～～～～～～～～～～～～～～

　俺の眼前にそんな文字列が現れた。ナビが表示してくれたらしい。

ブルーゴブリンか。名前の通り青い肌をしている、ゴブリンの一種だ。表示されたステータスは明らかに俺より高い。

『正面から戦えば、ぷちって潰されちゃうね。ぷちって』

なんで嬉しそうなんだ、お前は。

『さあ、どうする？　いきなりピンチだねー』

だから、なんで嬉しそうなんだよ！

なんてやり取りをしているうちに、ブルーゴブリンが近づいてくる。

「ちっちゃいドラゴン……えさ……えさぁ……」

などと呟《つぶや》きながら笑っていた。こいつ、俺のことを狩るつもりか？　冗談じゃない、食われてたまるか！

「えさぁぁ！」

叫びながらゴブリンが飛び掛かってきた。それほど速くはない。人間だった頃の俺なら、楽勝で避けられるレベルの速度だ。

だが、今の俺は蛇の体である。ウネウネと必死で体を揺らしながら、ゴブリンから逃げる――が。

「にがさなぁぁい」

何……っ!?

いきなりゴブリンのスピードが数倍に上がったように感じた。あっという間に距離を詰められてしまう。

しまった、これは相手のスキル【突進】の効果か！

身をよじって逃れようとするも間に合わず、俺はあっさりとゴブリンの手に胴体を捕まえられてしまった。

「つかまえた～」

ぐっ、痛い……！

ぎりぎりとゴブリンの汚い爪が皮膚《ひふ》に食い込む。ジタバタともがくものの、とても脱出できそうにない。

ゴブリンはヨダレを垂らしながら俺を見ていた。

このままじゃ食われる！　何か攻撃手段はないのか!?

焦っていると、ナビが教えてくれた。

『爪はないけど、牙ならあるわ。だから有効な攻撃スキルは【噛みつき】か【体当たり】ね』

そういえば、さっき見たステータスのスキル欄にそんなのがあったっけ。

……だが、どっちも通用しなさそうだな、俺のサイズじゃ。

『後は定番のドラゴンブレスとか』

えっ、そんなスキルもあるのか？

『あるに決まってるじゃない！　ドラゴンといえばブレス！　ブレスといえばドラゴンでしょ！』

ナビの声に熱がこもる。

なんで急にテンションが上がったんだ、こいつ。

『普通のスネークタイプドラゴンにはブレス発射能力なんてないけど、あなたは腐っても「竜王」の眷属だもの。ブレスは標準装備されてるわよ！』

竜王の眷属――。

そうか、俺の称号は『暗黒竜王』だったな。

……ただ『腐っても』は余計だ。

『で、現在使用可能なブレスは【滅びの光芒】ね』

おお、なんか強そうな名前だぞ。

今さらながら、スキル欄にそんな名前があったことを思い出す。あれはドラゴンブレスの名称を表していたのか。

『射程距離が短く発射間隔が長いから、この状況だと一発外せばアウト。ブレスを外すイコール死だと思ってね♪』

生きるか死ぬかの分かれ目だってのに、めちゃくちゃ楽しそうなんだが。さっきから、こいつは俺のピンチを楽しんでないか？

まあ、とにかくやるしかないな。俺はゴブリンに向かって口を開いた。

ドラゴンブレスなんて今までの人生で一度も吐いたことがない。人間だったんだから当たり前だ。

だけど、俺は――ブレスの発射方法を知っていた。

本能が教えてくれる。

この力で敵を倒せ、と。

口内が灼熱《しゃくねつ》する感覚があった。これが『力』だ。体の奥底から口に向かって、すさまじい『力』が集中していくのを感じる。

これなら――倒せる！

――ごうっ！

溜《た》まりきった『力』を放つよう意識すると、俺の口からブレスが吐き出された。

これが暗黒竜王のドラゴンブレス【滅びの光芒】。青白い光が渦を巻きながら突き進み、ブルーゴブリンを直撃する。

「ぐぎゃあああっ」

断末魔を上げ、こんがりと焼けたブルーゴブリンが倒れ伏した。

放り出された俺は、柔らかい草むらに着地する。ゴブリンの方は、もはやピクリとも動かなかった。これが俺の、ドラゴンとしての初勝利だった。

『ブルーゴブリン×1を撃破。経験値13を取得。レベルが2に上がりました』

突然、ナビが言った。さっきまでの明るい女の子みたいな口調じゃなく、もっと平板《へいばん》で無機質な響きである。

『あ、システムメッセージの時はこういう口調にしてるの。特に意味はないんだけど、私の気分ってやつね』

ナビの口調が急に戻った。

よく分からんが、まあ彼女の趣味ってことなんだろう。

で、俺のレベルが2に上がった、って言ってたけど――。

『ええ、おめでと。ブルーゴブリンの経験値が入って、晴れてレベルアップよ。今、新しいステータスを出すわね』

～～～～～～～～～～～～～～～～～～～～～～～
LV：2　HP：11　MP：15　攻撃力：10　防御力：7　素早さ：18　★：7
～～～～～～～～～～～～～～～～～～～～～～

体力《HP》や魔力《MP》などの数値が軒並み上がっている。スキルの方は以前と同じレベルのままだ。

『スキルについては習熟度――つまり、「そのスキルをどれだけ使ったか」によってレベルが上がっていくの』

俺の内心の疑問を拾い、先んじてナビが答えてくれた。

『まれに「覚醒」といって、それ以外の要因でもレベルが上がったり、スキル自体が派生、変化することもあるけど……基本は習熟度によるレベルアップが主ね』

なるほど。つまり強くなるには、モンスターを狩ることと、できるだけスキルを使って倒すこと、の二点が重要なわけか。

俺は、焼け焦げたブルーゴブリンをもう一度見た。

弱肉強食ってやつだ、悪く思わないでくれ。

死体に向かって、声を掛ける。

弱肉強食……か。

何気ない呟きだったが、その言葉を脳内で繰り返した瞬間、強烈なフラッシュバックが起きた。

一面に広がる赤。漂ってくる焦げ臭いにおい。

王都が炎に覆われていく。

ああ、これは――俺が人間だった頃に、殺される直前の記憶だ。


あの日、奴らは突然襲ってきた。

魔導王《まどうおう》。世界最強の魔法使いであり、強力なモンスターの軍団を従え、七つの国を滅ぼした侵略者。そいつが次の標的に選んだのが、俺が住んでいたエレノア王国だった。

俺は、あの日王城の宝物庫付近の警備を命じられていた。

一緒に任務に当たっていた同僚たちと、いつも通りに任務をこなしていたのだ。

突如押し寄せた巨人とドラゴン。そして奴らに蹂躙《じゅうりん》されていく王都と人々。

俺たちの守っていた宝物庫もあっという間に占拠され、撤退しながらの戦いになった。

逃げることもできず、命乞いも聞き入れられず、ただひたすらに殺されていく人々。それは俺たち騎士団も例外ではない。

そして俺は少女を守ろうとして呆気なく殺された。

転生して人間でなくなっても、あの日の光景を思い返すと、魔導王への深い憎悪が湧き上がってくる。殺された人々の無念を思うと胸が張り裂けそうになる。

いつか『暗黒竜王』の称号に相応《ふさわ》しいモンスターに進化できれば、奴らを一匹残らず駆逐できるだろうか？　王国の奪還も、あるいは成《な》るのだろうか。

俺の新たな人生――いや、竜生の最終目標は、魔導王を倒すことだ。目標が決まると、途端に生きる気力が湧いてきた。

記憶の回想を終えると、ナビが不思議そうな声を出した。

『ん、どうしたの？』

いや、なんでもない。

それより俺は、もっと強くなりたい。さっきみたいにモンスターを倒して強くなっていけば、いずれは魔導王やその軍団を倒せるくらいのレベルになれるのかな？

『魔導王――』

ナビは知ってるのか、その名前を。

『世界最強の魔法使いで、世界中に侵略戦争を仕掛けてる大悪人でしょ。一通りの知識はあるわよ』

じゃあ、率直《そっちょく》に教えてくれ。俺はいずれ魔導王を倒せるくらいに強くなりたいんだ。その可能性はあるのか？　それとも無謀すぎる目標か？

『うーん……「今のまま」では無理ね』

ん、どういう意味だ？

『今のあなたは「ベビードラゴン《幼竜》」。竜の幼生体なの。この形態のままではレベルやステータスの上限があるから、一定レベルまで上がるとそこで成長が止まる。つまり強さが頭打ちになるわけ。そこで、形態の壁を越えること……すなわち「進化」が必要になるのよ』

さっきも説明を受けたな。特定のモンスターを倒し、『進化の宝玉』を得て『進化ポイント』を貯めるとかなんとか。

その『特定のモンスター』ってどんな奴なんだ？

『具体的には一定のレアリティ以上のモンスターを指しているの』

レアリティ？　また分からない言葉が出てきたぞ。

『モンスターにはその強さや成長性、希少性などに応じて「レアリティ」というものがあるのよ。これは鑑定スキルによって見ることができるわ』

と、ナビは俺の疑問に答えた。

『レアリティは★と数字によって表されるの。この数字が大きいほどレアリティが高いことになるわね。ちなみに最高値は７よ』

ん、★……？

あ、鑑定すると最後に表示される★って項目はレアリティを指してたのか。

『そういうこと』

えっと……俺の★って確か７だったよな。

『それはそうよ。あなたはモンスターの頂点ともいうべき存在——竜王だもの』

ナビがさも当然といった口調で言った。自覚がなかったけど、俺は最高レアリティのモンスターなのか。

『で、話は戻るけど、「進化の宝玉」を得られるレアリティは4以上よ。レアリティが高いほど、より高価値な宝玉が手に入るの。つまり「進化ポイント」を多く得られるということね』

じゃあ、まずは★4以上のモンスターを探さないとな。

高レアリティのモンスターを探し、俺は森の中を進んだ。

しばらく行くと、唐突にナビが言った。

『あ、いたわよ。おあつらえ向きの相手ね』

そう言われて見回すも、敵の姿は見当たらない。

いたって、どこに？

『ほら、前の方にいるでしょ？』

いや、でかい岩がごろごろしてるだけなんだが――。

『その「でかい岩」が標的よ。名前はバレットロック』

なんだって!?　岩の一つを見ると、ナビが情報を表示してくれた。

～～～～～～～～～～～～～～～～～～～～～～～～～～～～～～～～～～～～～～

称号：殺戮《さつりく》の射手《しゃしゅ》　種族：バレットロック　形態：無機物

LV：8　HP：50　MP：90　攻撃力：41　防御力：67　素早さ：0　★：4

○所持スキル
【光弾《こうだん》】ＬＶ５　【擬態《ぎたい》】ＬＶ７
～～～～～～～～～～～～～～～～～～～～～～～～～～～～～～～～～～

なるほど、★４のこいつからなら『進化の宝玉』を入手できるのか。

『そういうこと。最初から★６や７の相手なんて無謀すぎるし、手頃な相手じゃないかしら。といっても……バレットロックは決して雑魚《ざこ》じゃない。少なくとも、さっきのブルーゴブリンなんかよりずっと格上よ』

ナビの警告に、俺は改めて表示されたステータスを見た。

確かに全ての能力値が高い。防御力は俺の攻撃力の六倍もある。果たしてまともにやり合って攻撃が通るのだろうか？

『戦うなら、ちゃんと対策を考えてからね』

どうやって有効打を与えたものか考えていると、今度は反対側の茂みがガサガサと揺れた。

何かが茂みを掻《か》き分けて近づいてくる。

『いずれも人間ね。全部で五人……。冒険者じゃないかしら』

冒険者だって？　モンスターを狩りに来たんだろうか。今の俺もモンスターなので、見つかったら狩られる可能性がある。茂みに身を潜めて様子を窺《うかが》うことにした。

しばし待っていると、反対側の茂みから五人の冒険者が現れた。戦士風の男が二人に魔法使い風の男女が二人、残りの一人は僧侶風の女だ。

「へえ、これがバレットロックか」

「あたし、初めて見た」

「そいつは【光弾】を撃ってくるぞ……気を付けろ」

魔法使い風の男女は油断しているようだ。リーダーらしき戦士風の男が諫《いさ》めるが、二人は己の実力を過信しているのか聞き入れた風ではなかった。

まずいな、多分あのままだと……。

「へっ、しょせんは岩だろ」

「遠距離から魔法で破壊すればいいのよ」

リーダーが止めるのも聞かず、二人は杖を構える。

そしてバレットロックに向けて火球や雷撃を放った。

直後――それを圧する閃光がバレットロックから溢れる。

その光は無数の弾丸と化し、魔法を掻き消しながら冒険者たちへ飛び、次々と貫いた。

「がっ⁉」

「ぐあぁっ……」

あれがバレットロックのスキル【光弾】か。俺は冷静に、茂みから冒険者たちの様子を観察した。

傷ついて倒れる冒険者たちに、さらなる攻撃が襲い掛かる。

【光弾】は彼らが囲んだ一つの岩だけでなく、周囲に転がっている岩からも放たれていた。つまりあれらも、全てがバレットロックなのだ。

弾丸は雨のように冒険者たちを打ち付け、回避不能のそれは、パーティ全員に深刻なダメージを与えた。

「うう、助け……あぐ、ぎゃぁ……」

「ぐ……い、痛い痛い……ぐぼぉぉ、あぁぁっ……」

ほんの数秒で、その場はむせ返るような血の臭いで満たされた。

冒険者たちは——全滅だ。全員が頭や手足を吹き飛ばされ、原型を留めている者は一人もいない。

無残な肉塊と化したそれらを見ても、なぜか俺は冷静さを保《たも》てていた。

刺激すれば、あれだけの数の岩が同時に光弾を撃ってくるのか。これじゃあ避けようがない。

『まさしく数の暴力ね。初見じゃ対処するのは難しいと思う』

初見じゃ……か。

ん、待てよ。ナビ、お前はあの岩の中のどれがバレットロックなのか見分けられるか？

『もちろん。私は鑑定スキルだもん』

やや得意げに、ナビはそう言った。

じゃあ、教えてくれ。どれがバレットロックでどれがただの岩なのかを知っておきたい。

それと、あいつらが光弾を撃ってくる方向って決まっているのか？

『一体ごとに角度が決まっているわね』

なるほど。全方向に撃っているようにも見えたけれど、角度は固定されていたのか。なら、避けるのは思ったよりも簡単なはずだ。どこかにあいつらの攻撃が及ばない死角があるはずだろ。

『んー……ちょっと探してみるわね。軌道計算が多少面倒だけど』

言って、しばらく沈黙するナビ。計算もできるなんて、高性能だな。

頑張ってくれよ。お前が奴らの攻撃軌道を計算できれば、その死角から近づいて確実に倒せるはずだ。

何せ、相手は岩である。その場から動けないだろうから、光弾を受けずにこっちのブレスの射程まで近づくことができれば、勝利も夢ではない。普通に攻撃すればもちろん効かないだろうが、ブレスは格上にも通用するはずだ。

『分析完了よ。敵の攻撃の方向は全部読めたわ』

偉いぞ、ナビ。さっそく、そいつを教えてくれ。

ナビが教えてくれたルートを這って移動する。その間、バレットロックを刺激しないよう細心の注意を払った。

そして驚くほど簡単に、バレットロックの一体の死角へ潜り込むことができた。

ブレスを溜め、放つ――――！

すると、バレットロックはあっさりと砕け散った。よし、通用する。さらに反撃も来ない。角度を合わせられる奴がいないのだろう。下手に撃てば仲間に誤射しかねない。

そこからは戦いではなく、単なる作業であった。

『次、右斜め三十度から近づいて。ルートが左右にズレると光弾を食らっちゃうから気を付けてね』

ナビの指示に従い、俺はずりずりと地面を這いながら次のバレットロックに近づく。攻撃を受けずに接近し、ブレス発射。狙いは過《あやま》たず、またも一撃で撃破！

さらに次の奴も、その次の奴も――。

そして気が付けば、その場のバレットロックは全滅していた。その数は全部で六体。経験値も宝玉も、大量にゲットすることができた。

『バレットロック×６を撃破。経験値１８６を取得。レベルが６に上がりました』

例によってナビが平板な音声で告げる。テンションの落差にいまいち慣れない。

にしても、一気にレベルが６まで上がったのか。格上モンスターを撃破すれば、それだけ早く進化に近づけそうだな。

そういえば、あの冒険者たちはなんだったんだろう。わざわざこんな森の中へ来たりして……。

『この辺りは危険なモンスターがたくさんいるし、中には人里に降りてきて被害をもたらすものもいるわ。そういうのを狩りに来たんじゃないかしら？』

なるほど、危険なモンスターの討伐のために来たってとこか。

そういえば今さらだけど、この森はモンスターの生息区域なのか？　俺、この辺りのことは詳しくないんだけど。

『そうよ。場所はラシェル王国北部。名称は「魔獣の森」。凶悪なモンスターが多数生息する、大陸でも有数の危険地帯ね』

ラシェル王国の魔獣の森――確か、エレノアから国を二つくらい隔てた場所だ。

俺が人間だった頃もその名を何度か聞いた覚えがある。

『ただ、バレットロックは人里まで降りるタイプじゃない……というか、そもそも移動自体できないしね。他の目的があったのかもしれない。まあ、全滅しちゃったからこれ以上のことは分からないわね』

さすがのナビも、あいつらの目的までは推測するしかないか。きっとモンスターを狩りに来たんだろうけど、ああいう連中がもし他にもいるなら、俺も見つかったら狩られるのかな？

向こうの言葉も意思も分かるんだし、敵意がないってアピールしてもダメだろうか。

『んー……今のあなたは弱そうだし見逃されるかもね。仮にあなたを殺しても、大した経験値にはならないでしょうし』

さらっと傷付くことを言ってくれる。まあ確かに、今の俺の外見は普通の蛇とそう大差ない。頭が気持ち竜っぽいかなって程度だ。サイズだって、モンスターの中ではごく小さい部類だし。

どれだけ初心者が相手だろうと、これじゃあ脅威とは見なされにくいか。

『ま、気まぐれにあっさり殺されるかもしれないけどね。あはははは』

いや、笑いごとじゃないだろ。こいつ、俺のピンチを心から楽しんでるフシがあるよな？　俺が死んでもいいのか。

まあでも、ナビの言う通りだ。冒険者の中にはモンスターは絶対に殺すという奴もいるだろうし、弱そうだからって見逃されるとは限らないよな。

この森で気を付けなきゃいけないのは、他のモンスターだけじゃない。さっきの冒険者みたいなモンスター狩りを目的にしている奴らも警戒しなきゃな。

よし。とりあえず、今の経験値で俺のステータスがどれくらい変わったかを確認したい。

『りょーかい。【ステータスオープン】！』

～～～～～～～～～～～～～～～～～～～～～

LV：6　HP：23　MP：35　攻撃力：26　防御力：23　素早さ：34　★：7

～～～～～～～～～～～～～～～～～～～～～

おおっ！　思わず蛇の体で歓声を上げてしまった。

すごいな、さすがに4つもレベルがアップすると、能力値の上がり方が大きい。まともに他のモンスターと戦えるレベルに近づいてきた気がする。

けど、相変わらずスキルのレベルは1のままだ。バレットロックを全滅させた程度じゃまだまだ足りないってことか？

俺がそう考察していると、ナビが続けて説明した。

『「進化の宝玉D」×6を取得しました。進化ポイントを18獲得しました』

そうか、進化の宝玉も得られるんだよな。

『既定の進化ポイントが貯まったため、進化可能です。進化先候補を表示します。進化を希望する場合、いずれかを選択してください』
ナビの声と共に、俺の前に進化候補が二つ浮かび上がった。

〜〜〜〜〜〜〜〜〜〜〜〜〜〜〜〜〜〜〜〜〜〜〜〜

『リトルダークドラゴン』
暗黒の力を備えたジュニア《子》ドラゴン《竜》。エンシェント《古》ドラゴン《竜》クラスまで成長することで、あらゆる【闇】を統《す》べる存在になる可能性を秘めている。称号『暗黒竜王』を持つ場合、一定条件下でステータスが大きく底上げされる。

〜〜〜〜〜〜〜〜〜〜〜〜〜〜〜〜〜〜〜〜〜〜〜〜

『リトルファイアドラゴン』
炎の力を備えた子竜。ブレスの威力は他を寄せつけない最強レベル。成長するにつれ、その火力はさらに上がっていくだろう。称号『火炎竜王《かえんりゅうおう》』を持つ場合、一定条件下でステータスが大きく底上げされる。

〜〜〜〜〜〜〜〜〜〜〜〜〜〜〜〜〜〜〜〜〜〜〜〜

これが進化先を選ぶということか！　どちらも特定の条件でステータスが底上げされるという効果が付いている。明確な違いは、その能力説明だ。『リトルダークドラゴン』は能力の説明が漠然としている。あらゆる【闇】を統べる存在と言われても、具体的にどうなるのか想像が付かない。

対して『リトルファイアドラゴン』の説明は明快だ。ブレスが強く、攻撃に向いているドラゴンということなのだろう。成長すればさらに火力が上がる、ということらしい。

だが、どちらも最後の一行が気になる。特定の称号を持っていると、一定の条件下でステータスが大きく底上げされる。その条件というのがどこにも書いていない。

ナビ、この条件ってのはなんなんだ？

『それは私の知識内には情報がないわね』

ん？　こういう答えは初めてかもしれないな。知識においてはナビは万能だと思っていたけれど、単純に知らないこともあるのか。

じゃあ、進化先を選び直すことはできたりするか？　『リトルダークドラゴン』を選んだ後に気に入らないから『リトルファイアドラゴン』を選び直す……ってのは。

『不可能よ』

俺の質問はあっさり否定された。まあ、これは予想通りの答えだ。もし選び直せるなら選択させる意味なんてないもんな。

さて、俺はどっちを選ぶべきだろうか。じっくりと考えて決めなければならない。

『リトルファイアドラゴン』はブレスの攻撃力が魅力的だ。ただでさえ攻撃手段の乏しい俺にとって、ブレスを強化できるのは願ってもないことだ。少なくともそれだけ見れば、能力が漠然としている『リトルダークドラゴン』よりは良く見える。

けれど、俺は改めて自分のステータスを思い出した。そうだ、俺の称号は確か『暗黒竜王』……。

『リトルダークドラゴン』のステータス底上げの必須条件を満たしている。

どんな条件かにもよるけど、もしもノレスが通用しない相手と当たった時も逆転できるかもしれない。

よし、決めた。

ナビ、俺は『リトルダークドラゴン』に進化したい！

呼びかけると、ナビは念を押すように言った。

『リトルダークドラゴンに進化、でいいのね？　一度決めたら、もうやり直しは利かないわよ』

改めて念押しされると迷いそうになるが、やっぱり選択を貫くことにした。

やってくれ！

『りょーかいっ。じゃあ、進化開始～！』

パッと明るくなったナビの声と共に、俺の頭の中に高らかなファンファーレの音が響いた。

うわ、なんだこの音⁉　騒がしい！

『あ、この音は単なる演出よ。深い意味はないから気にしないで』

なんだよ、演出って。俺の竜生が懸《か》かった大事な時に……。

と、その時——俺の全身に熱い衝撃が走り抜けた。

う……おおおおおおおおおおおおおおおっ⁉

思わず叫び声を上げる。

体の内側で何かが弾けそうな感覚がせり上がってくる。

まるで俺が、俺じゃなくなるような感覚——何かとてつもない力が沸き立つ感覚。

――ずぶりっ、ずぶりっ。

首の下の方で何かが盛り上がるような感じがした。恐る恐る見てみると、なんと前足と後ろ足が生えていた。

あ、足が……!?

『進化して姿が変わったみたいね。足が使えるようになったし、習得可能スキルも増えるはずよ。おめでと♪』

ナビが祝福してくれる。俺は興奮しながら首を巡らせ、体を隅々《すみずみ》まで眺めてみた。

人間の時にはとても味わえなかった、まったく別の形になるという感覚。それはとても奇妙だったが、終わってみると力が溢れてくるようでとても心地良い。

そうだ、新しい俺のステータスを見せてくれるか。

『りょーかい、ステータスオープン！』

ナビの声が弾んでいる。彼女（？）のテンションも上がっているらしい。

表示されたステータスに、俺は目を見開いた。


～～～～～～～～～～～～～～～～～～～～～～

称号：暗黒竜王　種族：リトルダークドラゴン　形態：ドラゴンタイプ
LV：1　HP：26　MP：40　攻撃力：28　防御力：22　素早さ：25　★：7

～～～～～～～～～～～～～～～～～～～～～～

お、おい！　レベルが1に戻ってるぞ⁉

攻撃力はわずかに上昇しているけど、防御力や素早さは下がってしまっている。

『あー、言い忘れてたけど、進化するとレベルは1にリセットされちゃうのよ。最終的なステータスは高くなるけど、レベル1のうちは能力値も下がっちゃうわね。えへへ、ごめんね』

ナビが軽いノリで謝ってくる。

そんな大切なこと言い忘れんなよ……。いやまあ、遅かれ早かれこうなっていたんだし、進化しなきゃステータスは頭打ちになっていただろうから、結果としてはいいんだけど。

『それより、スキルも見てみて』

言われて見てみると、【滅びの光芒】はレベル2になり、【爪撃《そうげき》】と【竜尾《りゅうび》】というスキルが追加されていた。

格闘術のようなスキルだろうか。なんとなく、前より格段に強くなった気がしてきた！

気分が高揚する。この調子でやっていけば、魔導王の軍団だって倒せる日が来るかもしれない。

早速、手に入れた力をどうやって試そうか考えていると――不意に、俺の視界がぐらりと揺らいだ。

な、なんだ……⁉

目の前の景色が霞《かすみ》のように薄れ、消えていく。代わりに、違うものが見えてきた。

それは、至る所から炎が間欠泉《かんけつせん》のように噴き出す、殺風景な灼熱の大地。

その大地を埋め尽くす、無数のおぞましい魔獣や恐ろしい巨人たち。

あの日見た地獄にも似た光景。

それらと対峙するは――巨大な漆黒のシルエット。その周囲は陽炎《かげろう》のように空気が揺らめき、靄《もや》のような空気の層に包まれているため、全容は見えない。

だが、俺には分かった。そいつは竜だ。王都を焼いたドラゴンなど比較にならないほどに強大な力を持った――。

――ごうっ……！

その竜は、眩《まばゆ》いほどの光のブレスを吐き出した。青い光線状に集束したそれは地表を走り、大地を割り、軌道上を爆裂させていき、そして魔獣や巨人たちを、一瞬にして跡形もなく消し飛ばした。

ほんの一撃であれほどの軍勢を全滅させるほどの力。

それはすさまじい――という形容さえ生ぬるい、圧倒的かつ絶対的な強さ。

なんだ、こいつは――？

問いに対する答えは、すぐに浮かんだ。暗黒竜王。その称号を持つモンスターが進化した果て。

魔導王の軍勢どころではない。世界すら蹂躙しかねない、最強の竜王。

景色が消え、俺は現実に戻った。自分の小さく頼りない手が目に入る。俺はそれを握り締め、誓った。

待っていろよ魔導王。必ず、俺が蹴散らしてやる。

そうだ。いずれ、真の暗黒竜王になって――。

第2章　魔獣の森の出会い

俺が『暗黒竜王』に転生してから数日が経った。ドラゴンに転生した戸惑いは残っているが、自分でも意外なほど環境に順応していた。

まずは『暗黒竜王』の称号に相応しい強さになるべく、俺は経験値稼ぎに勤《いそ》しんでいた。

エレノアを滅ぼした魔導王への憎しみは変わらない。だが、今の俺が戻ったところで、敵《かな》うはずがない。以前幻視したあの姿——最強の竜になるくらいでなければならない。

とりあえず今は、安全確実に経験値を稼ぎながら、隙を突ける高レアリティのモンスターから進化の宝玉を手に入れることを狙う、というのを基本の方針としている。

周辺に生息するモンスターで手頃なのは、ブルーゴブリンやグリーンゴブリン、イーヴィルウルフ、デッドリーバード辺りだろうか。

この辺は、今の俺なら確実に勝てる。しかも基本的に単独か、せいぜい数体で行動するタイプだ。ナビから情報を聞きつつ、狩りを続けてきた俺は、すっかり周辺のモンスター生息事情に詳しくなっていた。

そうやって着々と経験値を稼ぎ、数日のうちに俺はレベル4まで上がっていた。

『レベルが上がるにつれて、次のレベルになるための必要経験値が上がるはずだけど、その割に順調ね。うーん……？』

ナビが訝《いぶか》しげに唸《うな》る。

そういえばあまり気にせずひたすらモンスターを倒してきたけど、次のレベルまではどのくらいの経験値が必要なんだ？

『レベルアップに必要な経験値って、私にも正確には分からないのよ。ただ、今までに得た経験値では、ここまでのレベルにはならないと思う……』

ナビは俺の全てを把握していると思っていたけど、俺についても分からないことがあるのか。

つまり、まとめるとどういうことだ？

『あなたは本来の必要経験値より少ない経験値でレベルアップしている……ってことかな？　ただ、その理由が分からない――』

ナビがもごもごと戸惑いを口にしていた時だった。

「っ……！　ぁぁぁ……きゃぁ……た、助け……ぅあああぁぁぁぁ……っ」

どこかから悲鳴が聞こえてきた。

ナビ、さっきの話はいったん終わりにしよう。今の悲鳴は、どの辺りからしたか分かるか？

『計測――完了。ここから東南東方向に１キロほど行った先ね』

「行ってみよう」

ナビの指示した方へ、小さな手足を動かして走り出す。

茂みを掻き分け、声のした方向へ進んでいく。

『今の悲鳴が気になるの？』

いつかの冒険者たちのように、特に関わる必要はないのかもしれない。俺の命を狙ってくる相手かもしれないからな。

ただ、なぜか今回は妙に気になったんだ。この先にいる相手に、俺の中の何かが引きつけられている。その正体を確かめたかった。

しばらく走ると小さな集落が見えた。どうやら、悲鳴はあそこから上がったらしい。

「あれは――」

巨大なモンスターたちが集落を襲っている。住人らしき人々はモンスターの攻撃から逃げ惑っていた。

集落を襲うのは身長4メートルほどの鬼型モンスター――『パワードオーガ』である。あまりこの辺りには生息していないはずの種だが、そこにはなんと、全部で六体ものパワードオーガがいた。

そんなパワードオーガたちと戦うのは、十数人の人間たちだ。冒険者かと思ったが、どうやら違うらしい。

エレノア王国の紋章が刻まれた鎧を身に着けた騎士に、王国の紋章が刺繍《ししゅう》されたローブをまとった魔法使いや僧侶たち。

あれは騎士団や魔法戦団《せんだん》、教団に所属している者たちだ。

冒険者と違い、王国に仕える選《え》りすぐりのエリートたち。個々の戦闘能力もさることながら、一糸乱れぬ連携で、パワードオーガの巨体も物ともせずに圧倒している。

さすがに、強いな……。

俺は彼らの戦いぶりに感嘆した。

中でも、目を引くのは三人の少女たちだった。

「スキル【乱れ斬り】！」

一人は騎士だ。目にも留まらぬ連続斬撃を放ち、オーガの厚い皮膚を斬り刻む。

「【ウィンドカッター】！」

一人は魔法使い。魔法を唱え、風の刃で離れたオーガたちを切り裂いていく。

「【プロテクション】！」

もう一人は僧侶。仲間たちの猛攻の一方で、敵の反撃を防御力アップの呪文によって、簡単に弾き返してしまう。

「終わりね――」

少女騎士が剣を手に、オーガたちに向かって飛び掛かる。繰り出した正確な斬撃は、一撃でオーガたちの頭部を刎《は》ね飛ばした。

巨体が音を立てて倒れる。少女たちは余裕そうな態度で、武器を収めた。

「ふう、これで全部倒しましたね」

「さっすが、ミラ。つよーい」

魔法使いの少女が歓声を上げた。ミラと呼ばれた騎士の少女は、控えめに答える。

「あなたの援護が大きかったんです、アビー。あたしの剣が届かない間合いの敵を、全部魔法で倒してくれましたから」

「まあ、私も一応、魔法戦団の若きエースなんて言われてるし。騎士団のエースのミラに負けてらんないかなー、って」

「……エースは、あたしなんかじゃありません」

アビーと呼ばれた少女の言葉を、ミラは首を振って否定した。

「えっ、そうなの？　でも、他に強い人なんていたっけ？」

「ええ。『騎士の中の騎士』ガルダ・バールハイト様。あの方こそ、王国最強の騎士……先の魔導王侵攻で戦死されたと聞きますが、今でもその地位は揺らぎません」

——どくんっ……！

胸の奥で心臓が高鳴った。

騎士の中の騎士。ガルダ・バールハイト。

それは——俺の、前世での名だ。

※

ミラは王国騎士団の一員として、この『魔獣の森』にやって来た。

——一ヶ月前、エレノア王国を蹂躙した魔導王は、次にここ、ラシェル王国領に攻め入ってきた。

そして瞬く間に配下のモンスター軍団を使って『魔獣の森』を占拠し、新たな拠点を築きつつある。

ミラに課せられた任務は、その殲滅《せんめつ》だ。

国土の大半を失ったエレノアにとって、同盟国のラシェルまで魔導王によって蹂躙されるのは避けたい展開である。

再び国力を回復させるまで、この国には色々と助力を請うことになるだろう。

そこでエレノアは、残存する騎士団や魔法戦団、教団から精鋭を募り、魔導王の拠点を破壊する作戦を決行することになった。ミラはその栄えある第一陣メンバーとして選ばれたのだ。

「本当なら、ここにガルダ様もいるはずでした」

「私は会ったことないけど、そんなにすごいんだ？　その人」

魔法使いのアビーが興味津々《しんしん》といった様子で尋ねた。肩の辺りで切り揃えた赤い髪が揺れ、快活さを感じさせる瞳が好奇心に染まる。

「噂くらいは聞いたことがあるでしょう？　あたしは何度か任務で一緒になって、その戦いぶりを見ました。その活躍はまさしく一騎当千——文句なく、最強と呼ばれるに相応しい方です」

ミラはうっとりと口にした。頬が熱くなるのを感じる。

「なーに、恋する乙女モードになってんのよ」

ぱしん、と軽く頭をはたかれた。後頭部を押さえ、叩いた相手に抗議の目を向ける。

「コレット……」

「戦場で恋バナとか随分余裕あんのねー」

コレットと呼ばれた、艶のある黒い三つ編みの髪と教団の白い僧服を押し上げるグラマーな肢体が特徴の美しい少女が、眼鏡の奥から呆れたような視線を投げ掛けてくる。

「雑談はこれくらいにして――二人ともあたしの方を向きな。今、治癒魔法を掛けっから」

「やったー、回復タイムね」

ひょこっと手を上げてコレットの前にアビーが進み出た。

「よろしくお願いします」

ミラも一礼してコレットのところまで歩いた。

長く伸ばした紫色の髪が、ざあっ、と風に揺れる。

その風が、かすかな獣臭さを運んできたことにミラが気づいた。

「待ってください、二人とも。まだモンスターがいます」

ミラの警告に、二人が反応する。

「言われてみれば……魔力の気配がするね」

と、アビーが頷く。周囲を見回し、おもむろに杖を前方に向けた。

「そこだね――【エアロ】！」

風圧を飛ばす魔法を放ち、前方の茂みを吹き散らす。

その向こう側に、一体のモンスターが佇《たたず》んでいた。

体長は1メートルほどだろうか。黒い体表に小さい四肢。そして、竜の顔。

「幼竜……いえ、リトルドラゴン《小竜》かしら」

黒い小竜は戸惑ったような様子でこちらを見ている――。

※

しまった、見つかった。俺は前方の魔法使いと騎士を見て、立ち尽くしていた。

赤い髪と黒いローブに銀の杖を持った魔法使いがエアロの魔法で茂みを払ったようだ。紫の髪と銀の鎧が目を引く騎士の少女と共に、俺の方を注視している。

どちらも並外れた美少女だ。

「なんだ……？」

「こんなところに小竜が――」

ミラの後ろではアビーと、コレットと呼ばれていた僧侶の少女が身構えている。他の者たちもそれぞれ警戒した様子で俺を見ている。

この状況はまずい。パワードオーガをあっさり倒してしまう集団を相手にバトルになりでもしたら、今の俺では勝ち目がない。

『ざっと見た感じ……全員、人間としてはかなりの高レベルね』

と、ナビ。

こいつのステータス解析はモンスターだけじゃなく人間に対しても使えるのか。言われるまでもなく、さっきの戦いを見ればわかるけれど。

モンスターはともかく、人間の強さなら佇まいやちょっとした仕草、雰囲気からも推測ができる。

『中でも、あのミラって子の戦闘能力は飛び抜けて高いわよ。気を付けて』

それも分かる。彼女の指示で一団が動いていたようだし、今の騎士団のエースと呼ばれていることからも半端な実力ではないだろう。

とにかく戦うのは絶対にダメだ。かといって、人間の言葉を話すことすらできない俺には話し合いも不可能。基本は逃げの一択だが、こいつらがやすやすと逃がしてくれるだろうか。

さあ、どうする……？

じりじりと後ずさる俺に対し、人間たちはにじり寄ってくる。

「待って、みなさん。攻撃はやめてください」

不意にミラが彼らを制止して、申し訳なさそうな顔で近づいてきた。

「……ごめんなさい。驚かせて。大丈夫、怖くないよ」

予想外の事態に固まるしかない。

……どう対応すべきだろうか。

彼女は俺に敵意を持っていないように思える。が、他の連中は別だ。

その態度もまちまちで、大別して三種類程度。

あからさまに警戒しているがミラに従っている者。制止を聞かず、さっさと狩ろうと身構えている者。そもそも俺のようなモンスターに興味がなさそうにしている者。

俺だって、こいつらとわざわざ事を構えようとは思わない。戦うメリットも皆無だし、何よりも人間の時の故国の連中だからな。

膠着《こうちゃく》を破ったのは、コレットとアビーであった。

「ミラ、何してるの」

「相手はモンスターじゃん。早く討伐しよ」

二人の言葉に、ミラは首を振った。

「このドラゴンから邪悪なものは感じません。コレット、鑑定していただけませんか？」

しかし、コレットは怪訝《けげん》な顔で異を唱えた。

「討伐した方が早くない？」

コレットが肩をすくめて言う。

いや、そんなに軽く言うなよ……。俺だってこんなところで殺されたくはない。騎士として死に、ドラゴンとしても志半ばで死ぬのはごめんだ。

あ、もしかして、次もまた転生したりするんだろうか。

……試してみたいとは、まったく思わないな。

「あら、善良な竜は神の御使《みつか》いと言っていたじゃないですか」

ミラは気分を害した様子もなく、涼やかに言い返す。

「むー……あたしよりあんたの方が僧侶っぽい台詞《せりふ》を言うね」

コレットが口を尖らせた。

「しゃーない、【鑑定スキル〈神官級〉】――発動」

呟いたコレットの両目が妖《あや》しく輝き、俺をじっと見てくる。

鑑定スキル？　それって俺が持っているのと同じものだろうか？

じゃあ、あいつにもナビみたいな存在が付いてるのか？

俺がそう考えると、頭の中で抗議の声が響いた。

『失礼ね、格が違うわよ』

と、ナビ。少し怒っているようだ。

『あの子――コレットが所持しているのは「神官級」の鑑定スキル。私は「竜王級」の鑑定スキル。同じ鑑定スキルという名前でも、まったく別物、別格よ』

へえ、そうなのか。名前が違うだけじゃないんだな。

やや得意げな調子でナビが続ける。

『そうよ。感知できる範囲、情報量、効果対象――全てが違うわ。私は高レベルになれば、世界のあらゆる物事から運命すらも鑑定できるんだからね。もっと敬《うやま》いなさい』

胸を張っているのが目に浮かぶようだ。

よく分からんけど、成長したらすごいスキルになる……って認識でいいか？

『オーケーよ。人間なんかが身に付けている鑑定スキルとは次元が違うの』

かなり鼻息が荒い感じだな、ナビ。彼女（？）のプライドに触れる話題だったのかもしれない。

普通の鑑定スキルと一緒にして悪かったよ。

『ふふ、分かればいいの。というか、あなたって自分のスキルに謝ったりするのね』

スキルって言われても、お前はナビっていう人格みたいなものだろう。他の人間に接する感覚で話してるだけだ。

しばらくナビとそんなやり取りをしていると、コレットの目の光が消えた。

「鑑定終了。そいつの属性とおおまかな種族名、戦闘能力を見切ったよ」

コレットが大きく息を吐き出した。

「戦闘能力はＣ＋……それなり、といった評価ね。といっても、あたしたちの脅威になるほどじゃない。で、ミラの言う通り、善良なドラゴンみたい」

「では、討伐しなくてもいいですか」

ミラが確認する。わざわざ俺を殺させないために仲間に手間を掛けさせるなんて、優しい子だ。

「んー、いいんじゃない？　善良なドラゴンは人に危害を加えないし、下手に殺すと上位の竜種に報復される危険性もあるしね」

「上位の竜種の報復？　私……ワイバーンとかバジリスクとか結構狩ってるけど、そんな目に遭ったことないなー」

魔法使いの少女が首を傾《かし》げた。

俺も人間だった頃に竜種は倒したことがあるけれど、そんな目に遭ったことはない。

「普通の下位竜種を殺したところで上位竜種から報復されることはないよ、アビー。ただ、そのちっこいのは違う」

アビーに説明するコレット。

「そいつは特別だ。暗黒竜王の下位眷属なんだよ」

「暗黒竜王……？」

「古代神話の一節に登場する伝説の最強竜種。エレノアの宝物庫にその牙が保管されている、とか聞いたことがあんの、あたし」

コレットはある程度、そうした神話や伝承に詳しいらしい。

下位眷属というか、俺は暗黒竜王そのものだと思うんだが……。

……だよな、ナビ？

『ええ。あなたは「暗黒竜王」の称号を受け継いだ存在。今はただの雑魚だけど、成長を重ねていけば、真の暗黒竜王として覚醒するはずよ』

ナビが言った。『ただの雑魚』は余計だ。

『あはは、ごめんごめん』

あっけらかんと笑うナビ。

『多分、彼女の鑑定能力ではあなたが「暗黒竜王」の称号持ちということまで読み取れないんでしょ。で、現在の戦闘能力や成長度から見て「下位眷属」と推測したんじゃないかな』

なるほどなあ。

そうなると、細かなことまで読み取れるナビの鑑定は本当にすごいスキルなんだと実感する。

「ともかく、そいつを殺すと暗黒竜王に目を付けられる危険性があるってこと。脅威になりそうな個体でもないし、見逃すのがベストじゃない？」

「なるほど……」

頷《うなず》くアビー。武器をしまい、既に戦意がないことを示した。

「では、他の方々も……このドラゴンは見逃すということでよいですか？」

ミラが全員を見回す。

「……まあ、いいだろう」

答えたのは、連中のリーダー格らしき壮年の騎士だ。他のメンバーも異議なしという様子だった。

どうやら一戦交える必要はなさそうで、一安心だ。

「ごめんね、本当に。でも怪我がなくて良かった」

ミラが俺に頭を下げた。

「あたしたちには任務があるから、そろそろ行くね。ここは危険な場所よ。なるべく安全なところを選んで生活してね」

にっこり微笑《ほほえ》んだミラは、しゃがみこんで俺の頭を撫でた。

……ドラゴンになってから初めて触れた人の手は。

なんだか、すごく温かく、懐かしい感じがした。


ミラたちと別れ、俺は森の中を進んだ。

さて、これからどうするか。

人間の時と違って、モンスターの俺には仕事なんてものはない。基本的に、日々の過ごし方は、経験値稼ぎのための『狩り』や『食事』『休息』『睡眠』『自由時間』……これくらいである。

ミラたちは、この後どうするんだろうか。

任務がある、って言っていたな。たぶんモンスター討伐任務だろう。

俺もエレノアの騎士だった頃、そういう任務に就いたことが何度もある。あの時はモンスターを狩る者として戦っていたけど、今はどちらかといえば狩られる側なんだよな。

弱いモンスターには勝てるけど、相手とタイミングを選ばなければならない。考えなしに挑めば痛い目を見る。

『あら、ヤング《若》ドラゴン《竜》やエルダー《成》ドラゴン《竜》、シニア《老》ドラゴン《竜》クラス辺りに進化すれば、また狩る側に戻れるわよ。それこそ、モンスターだろうと天使や魔族だろうと……人間だろうと』

確かに、一つ進化しただけでも力は高まっているし、何度も進化を重ねればさっきの戦士たちのような猛者《もさ》を相手取っても問題なくなるだろう。それこそ、魔導王の軍勢だって圧倒できるはずだ。

けど、どれだけ強くなっても、さすがに人間を狩るつもりはないんだよ。

『そっかー……ふーん』

なんで、ちょっと残念そうなんだよ。

『もしかして、あの人間たちに執着してる感じ？』

いや、懐かしくなっただけだ。彼女たちは俺の故国の人間だからな。

ああして騎士団や魔法戦団、教団が行動してるってことは、少なくともエレノア王国が完全に壊滅したわけじゃないんだろう。

とはいえ、あの日の王都の様子から考えるに、かなり大きな被害を受けているはずだ。

彼女たちは単に逃げてきた生き残りなだけかもしれないな。

いつか俺が人化のスキルでも覚えれば、さっきの連中とも意思疎通ができるのかな。そうすれば、エレノアの現況を聞くことができるかもしれない。

いや、何も人化じゃなくてもいいのか。俺はこうして人間の言葉を理解して、人間の思考ができているわけだから、後は俺の意思さえ発することができればそれでいい。

ナビ、人間と会話したり、なんらかのコミュニケーションが取れるスキルってないのか？

『うーん……小竜のあなたでは身に付けられないわね。次の段階である子竜か、その次の若竜辺りになれば……属性にもよるんだけど、多分取得できると思うわよ』

と、ナビは示してくれた。

まだ、もう一段階か二段階必要ってことか。俺の成長速度は異常らしいけど、進化の宝玉が手に入らなければ進化は不可能だ。つまり今の時点では格上のモンスターを倒し続けなければいけないわけで、先は長いな。

『簡単な道のりじゃないわね。ああでも、エレノアの現況なら私がある程度探知できると思う』

本当か!?

『私を誰だと思っているの？「竜王級」の鑑定スキルよ。もっと崇《あが》めなさい。敬いなさい』

思いっきり調子に乗ったようだが、ナビの話が本当なら俺の気掛かりを一つ減らすことができる。

偉いぞ、ナビ！

『ふふふ、そうよ。その態度でいいの。ふふふふ』

ナビは妙に嬉しそうだ。結構調子に乗りがちだよなこいつ。

『じゃあ早速探知してみるわね……うーん』

しばらくの沈黙が流れた。そして、数分後、

『エレノア王国の方向に、強大な魔力の気配が漂ってるわね。ずっと一箇所に留まってるし、これが魔導王の気配だと思う』

王国はここから結構距離があると思うが、そこまで分かるのか。

『ふふ、ますます尊敬した？』

確かに見直したけど、さっさと教えてほしかった。

『だって聞かれなかったし』

お、お前なあ……。じゃあ、今から教えてくれ。

エレノアは今、どうなっている？　魔導王との戦いの結果はどうなったんだ？

『そうね……魔力の気配が安定していることから考えると、現在は戦闘が行われていないんじゃないかな。さすがにここからだと、小競り合いレベルについては探知できないけど。少なくとも、大きな戦闘は起こっていないはず』

つまり、完全に征服され、支配下にある可能性があるってことか？

『可能性はあるわね。残留魔力から推測すると、エレノアでの最後の大規模戦闘は多分、ひと月くらい前よ』

ひと月くらい前？　だけど、俺が転生してからまだ数日しか——。

『うーん……もしかしたら、あなたは死んですぐに転生したんじゃなくて、少し時間を置いて転生したのかもしれないわね』

なるほど。俺がたった数日だと思っていたことも、実際はどれほど時間が流れているのか分からないのか。

ナビは怪訝そうな声で続ける。

『そもそも、なぜ人間が「暗黒竜王」に転生したのかも謎よね。何か「暗黒竜王」に縁《ゆかり》の物を身に着けていたり、あるいは血族に竜の血が混じっている者がいたり……そういうことはないの？』

縁の物と言われてもまったく覚えがない。任務中だったから、いつも通りに騎士の装備を身に着けていたはずだし。

血族に竜の血が混じっているかどうかは……どうなんだろうか。少なくとも、両親は人間のはずだ。

俺がなぜ「暗黒竜王」に転生したのか――それはまだまだ謎だ。いずれ解明される時が来るんだろうか。

……などと考えていると、不意に前方の地面がボコッ、ボコッと盛り上がった。

身構えた瞬間、土塊をはね除《の》け、地中から巨大なモンスターが出現した。

『見つけたぞ……「暗黒竜王」の称号を継ぐ者……』

な、なんだこいつは――!?

相手の身長は10メートルくらい。人型で、俺が小さくなっていることを差し引いてもとてつもない巨体だ。

俺はゴクリと息を呑《の》んで、その巨体を見上げた。

すさまじいプレッシャーに身がすくむ。

巨人種だ――！

ナビ、こいつの戦力はどの程度だ？

『……巨人種の中では弱い、下級の種だと思うわよ。とはいえ、巨人は巨人。そのパワーと耐久力は他のモンスターとは一線を画しているわ。気を付けて』

ナビが警告した。

巨人は神や魔、竜と並ぶ世界最強の眷属の一つだ。

太古の昔、古《いにしえ》の巨人は神すらも殺し、食らったといわれている。

いくら下位とはいえ、伝承に謳《うた》われる最強種族の一つ。その戦闘能力はいかばかりか……。しかも、俺は人間の時より弱くなっている。果たして勝てるのだろうか。

考えていると、巨人が低い声で話しかけてきた。

『「暗黒竜王」の称号を継ぐ者……王国の宝物庫から「牙」がなくなっていたのは……貴様が転生の依り代となっていたからか……』

意味の分からない言葉だ。牙？　転生の依り代？

一体、どういう意味だ――？

『まだ「翼」や「爪」などの素材は得ていないか……脅威にならないうちに、生け捕りにして……

魔導王様の元に連れていく……』

魔導王だと……⁉

いや、それよりも俺を生け捕りにするだって。冗談じゃない。

まだ戦う力を得られていないのに、そんなことされれば全ての努力が無駄になる。

ナビ、あいつの戦力を表示してくれ。倒せるかどうかを知りたい。

『分かったわ』

〰〰〰〰〰〰〰〰〰〰〰〰〰〰〰〰〰〰〰〰〰〰
称号：下級巨人　種族：レッサージャイアント　形態：ヒューマンタイプ
ＬＶ：12　ＨＰ：２１１　ＭＰ：０　攻撃力：１７０　防御力：92　素早さ：31　★：５
○所持スキル
【威圧】ＬＶ２　【拳撃《けんげき》】ＬＶ５　【耐久アップ】ＬＶ３
〰〰〰〰〰〰〰〰〰〰〰〰〰〰〰〰〰〰〰〰〰〰

……確かに、こいつは強敵だ。レベルは俺よりはるかに高く、ＨＰや攻撃力なんて三桁もある。

一撃でもまともにもらえば危ないだろう。

だけど……だけど、な。

普段は奥底に抑えこんで考えないようにしていたものが、ゆっくりと顔を出す。堰《せき》を切って溢れ出しそうな思いがこみ上げてくる。

俺の脳裏に、無残に踏み潰された女騎士の姿が浮かんだ。

カレン。前世で俺が騎士だった時、ほのかな憧れを抱いていた女性。騎士団が壊滅する恐怖の中、ゴーレムに踏み潰されて呆気なく生を終えた哀れな人。

もちろん、目の前の巨人とカレンを殺したゴーレムは別である。別の種族だし、体のサイズからして全然違う。個体ということで考えれば、こいつにとっては俺なんて会ったこともない竜の一匹だ。

俺からしても、こいつそのものには因縁がないといえる。少なくとも今の、竜としての俺には。

だけど――だけど、だ。

あの時の恐怖と怒りを思い出し、全身が熱くなった。巨人とゴーレム――似たような『巨大な人型モンスター』の姿が、絶望の記憶を何度も煽《あお》る。

この感覚は人間と同じだ。

脳の構造が違おうと、体の構造が違おうと――俺は俺だ。

心は、変わらない。俺の心は、魔導王に連なる者たちを許すなと叫んでいる。

だから――こいつを倒したい！　倒してやる！

ナビ、力を貸してくれ。俺の力だけじゃ、こいつには勝てそうにもない。

お前の鑑定スキルで奴を分析できないか？　たとえば、弱点につながりそうな情報とか。

『分析……ね。とりあえず、最初の攻撃は右から来るわよ』

そんなことが分かるのか、お前？

『右腕の筋肉が盛り上がって、動きを見せているもの。最初は右腕を使って、【拳撃】スキルで攻撃してくるはず。速さは未知数だけど、軌道はまっすぐ。それさえ分かれば後はタイミングを見切るだけよ。相手がスキルを使おうとした瞬間、左方向に動いて避けて。それから死角に回りこんでブレスを食らわせる――できる？』

さすが、有能な鑑定スキルだ。

とにかくやってみるよ。

ナビの助言に従い、俺は動き出した。

直後、巨人が右拳を振り下ろす。軌道はナビの指示した通り、まっすぐなものだ。速さも大したことはない。

来ることが分かっていれば――！

俺は奴が拳を振るうより一瞬早く、奴とは逆方向に加速した。打ち下ろした拳が、誰もいない場所を叩き、地面を大きく陥没させる。まともに食らっていれば即死していたかもしれない。

舞い上がった土で一瞬、巨人の視線が切れる。その瞬間に、俺は四肢で地面を蹴って猛スピードで巨人の死角目掛けて駆けた。

スネークタイプの時は這いずるのみだったから、とてもこんな急加速と方向転換を伴う動きはできなかった。四足タイプならではの機動力だ。

あっという間に、巨人の背後まで回りこむ俺。

巨人はわずかに首を動かし、俺を探しているようだ。完全に死角に入った俺を見失ったのだろう。

今がチャンスだ！

どの程度通用するかは分からないけど、ぶち込んでやる。

食らえ、【滅びの光芒】――――！

俺の口から青白い光線が放たれ、巨人の背中に命中した。

大爆発。爆炎が巨人の姿を隠し、衝撃で周囲に土埃《つちぼこり》が舞う。

やったか⁉

一瞬、勝利したかと思った俺だったが――――、

『ドラゴンブレスか……』

爆炎の向こうから巨人が現れる。

体にはわずかに焦げた跡。とても、致命傷になるとは思えない。

『だが、いかに「暗黒竜王」を継いでいるとはいえ、小竜クラスのブレスでは俺は倒せん……残念だったな』

俺の必殺ブレスが効いてない――――⁉

『下位眷属とはいえ、さすがに巨人ね。とんでもない耐久力と防御力よ』

数値では分かっていたけど、実際に体感すると恐ろしいものだ。一撃の威力なら、人間だった頃の俺の攻撃よりも上の可能性だってあるのに、それが効果を成さないなんて。

ともかく、こいつは今まで狩ってきたモンスターとは違いすぎる、ってことか。

緊張感が一気に高まる。

さて、どう戦うか。あるいは――逃げるか？

自問するまでもない。

どれだけ恐ろしかろうと、ここは逃げられない。いや、逃げたくない。

『じゃあ、試してみましょうか？』

不意にナビがそう問いかけてきた。

試す？　何をだ？

『【滅びの光芒】LV2よ』

LV……2？

確かに以前、レベルが上がっていたと思うけど、それは威力が上がるだけじゃないのか？

『威力ももちろん上がるけれど、今から教えるのは正確には、その全開能力の使い方ってところね』

ナビはその力の使い方と、効果について解説してくれた。

なるほど、それならあいつにも通用するかもしれないな……。

ただ、リスクもある。

一度使ってしまうと、一時間はブレスを撃てなくなってしまうらしい。

『ドラゴンブレスは体力以外に膨大な魔力を使用するのよ。小竜であるあなたでは、全開のブレスを一度撃つと、次に撃てるようになるまでに魔力チャージにそれだけの時間がかかる、ってことね。

つまり……』

丁寧な解説ありがとう。要は、一発外せば終わりってことだな。

『当てれば、おそらく私たちの勝ち。外せば負け、ね』

どのみちそれ以外に方法はない。

ナビ、さっきみたいに相手の動きを読んでくれ。

『……駄目、今度は読めないわ。さっきと違って、両腕の筋肉に力がこもってる。左右どちらの拳でも打ち出せる体勢よ』

さっき俺が奴の一撃をかわしたから、さすがに警戒されたか。

両腕のパンチを交互に繰り出すのか、同時に来るのか、あるいは狡猾にフェイントを交えてくるのか。

先の先を読んでカウンター……というのは、今度は通用しなさそうだ。

とにかく、動き回って的を絞らせないようにしよう。

俺は四足で駆け出した。

まだまだ四本の脚での走行には慣れていない。人間の時はこんな動きはしなかったし、そもそも俺のバトルスタイルはブレスが主武器だ。

足で掻き回す戦い方はほとんど未経験と言ってよかった。

それでも、ドラゴンの小さくても強靭《きょうじん》な四肢は、人間以上の速度をもたらしてくれる。

慣れない足捌《さば》きながらも、俺は巨人の周囲をめちゃくちゃに駆け回った。

それが功を奏しているのか、巨人は攻めあぐねているようだ。俺を目で追いながらも、一撃を繰り出せないでいる。

『ちょこまかと、すばしっこい奴め……』

鬱陶《うっとう》しそうに呟く巨人。

『だが、逃げられはせんぞ。しょせん体のサイズが違いすぎるのだ。俺のリーチなら、お前がどこに逃げようとも届く――』

巨人の両腕が振り上げられる。

さすがに、俺のスピードに目が慣れてきたんだろう。慎重に狙いを定めている様子だ。

『ち、ちょっと大丈夫なの？』

焦ったようなナビの声。

ブレスを確実に当てるにはどうしても足を止める必要があるが、このまま逃げ回っていればブレス攻撃はできないし、スタミナ切れを起こせばやられる。ナビはそれを心配しているのだろう。

巨人は段々と俺の動きを正確に捉えられるようになってきているようだし、後は確実に当てられるタイミングを見極めるだけだ。

問題ない。タイミングを測っているのは、俺も同じだ。勝算があるからこそこの動きで掻き回している。

緊張感を孕《はら》んだ空気が流れ、やがて――、

『見切った！　潰してやる！』

巨人が叫んで両腕を同時に振り下ろした。

左右から振り下ろされる【拳撃】。ぴったりのタイミングで襲いくるそれは、俺の逃げ場を完全に奪っている。

右にも左にも回避は間に合わない。全力で駆けても回避は不可能――と思われた。

『駄目、避けられない……！』

ナビが悲痛な声を上げる。

問題ないって言っただろ。脚力で避けられないなら――別の方法で避けるんだ！

俺は口を開き、地面に向けた。

【滅びの光芒】ＬＶ１発射！

青白い光線を地面に撃ちこみ、その反動で斜め前に跳び上がる。

すると俺の小さな体は巨人の【拳撃】を掻い潜るようにして、間一髪で回避に成功した。その勢いで奴の懐に向かっていく。

『なんだと……ブレスを攻撃ではなく回避のために――』

巨人の呟く声に、俺は勝利を確信した。

空中で体をひねり、口を開いて狙いを定める。巨人の目には焦りと驚愕が浮かんでいる。防御のために腕を振り上げようとするも、もはや間に合わない。

さあ、今こそ俺の本気のブレスを食らわせてやる。受け取れ、巨人野郎！

――ごうっ！

俺の口から、螺旋《らせん》状の青白い光線が放たれる。

『通常版』に比べて細いそれは、はるかに速度と貫通力を高めた『全開版』と呼べるものだ。これなら、強固な巨人の表皮でも貫ける！

――俺の確信した通り、ブレスは狙いを過たず、巨人の胸を貫通した。急所に、向こう側が通って見える穴が開いた巨人は、

『がは……ぁぁ……っ』

鮮血を吐き出し、ゆっくりと倒れ伏した。

俺は着地し、広がっていく鮮血を見て、内側から湧き上がってくる興奮に打ち震えた。

間違いなく、俺の勝ちだ――！

巨人はもはやピクリとも動かなかった。

さすがに『全開版』は強烈だ。といっても、これであと一時間はドラゴンブレスを撃てない。次に撃てるようになるまでは、どこかに身を潜めておいた方がいいな。

こんな時に強力なモンスターと遭遇したらシャレにならない。

『レッサージャイアント×１を撃破。経験値２３００を取得』

『レベルが4↓8に上がりました』

と、急にナビが淡々とした口調で告げてきた。さすがに下級だろうと巨人の一種だ。一体倒すだ

けでレベルが大幅に上がったな。

　さらに、

『「進化の宝玉C」×1を取得しました。進化ポイントを20獲得しました』

　進化の宝玉も手に入った。高レアモンスターを倒した甲斐《かい》があったな。だが、まだ次の進化には至らないらしい。

　とはいえ、バレットロックの時は6個の宝玉で進化ポイントを18得たのに対し、今回は宝玉一つだけでポイントが20も手に入った。多分バレットロックより下位巨人の方がレアリティが高いから、その分、進化の宝玉のレアリティも高くなり、進化ポイントを大量に得られるってことなんだろう。

　ナビ、今の俺のステータスを見せてくれ。

『りょーかい』

～～

称号：暗黒竜王　種族：リトルダークドラゴン　形態：ドラゴンタイプ

LV：8　HP：61　MP：89　攻撃力：77　防御力：43　素早さ：46　★：7

○所持スキル

【鑑定（竜王級）】LV1　【滅びの光芒】LV2　【爪撃】LV1　【竜尾】LV1

～～

そういえば……あの巨人、何か意味ありげなことを言ってたよな。

――「暗黒竜王」の称号を継ぐ者……王国の宝物庫から「牙」がなくなっていたのは……貴様が転生の依り代となっていたからか……。

――まだ「翼」や「爪」などの素材は得ていないか……脅威にならないうちに、生け捕りにして……魔導王様の元に連れていく……。

俺にはよく意味が分からなかった。すぐに戦闘に入ってしまったし、問いただすこともできなかった。

ナビ、お前は何か分かるか？　暗黒竜王について、牙だの翼だの爪だのって一体なんなんだ？

『さすがに私でもこの世の全ての事象を見通せるわけじゃないし、謎なこともあるわ。特に「暗黒竜王」については謎も大きいのよ。けど、知っていることもあるわ』

と、ナビ。

レベルが上がれば運命すら予測するとのことだが、知識として分からない部分はどうにもならないんだろう。

もちろん『竜王級』とかいう、人間が使うものとは別次元のすさまじいスキルであるようだし、知識量も半端ではない。

戦いでも敵の攻撃を計算・予測してもらったりといつも助けられているし、褒めるべき部分の方が多い。

俺の思考を読んだのか、ナビはやや弾んだ声で
『「暗黒竜王」というのは、元々この世界で最強のモンスターといっていい個体を呼び表す名だったの。畏怖《いふ》され、讃えられた称号よ』

最強のモンスター、か。

俺は伝説などには詳しくないから知らなかったけれど、大昔にはそうしたモンスターも存在していたのだろう。

おそらくその姿は、以前に俺が幻視したあの巨大な竜だ。

無数の巨人もドラゴンも一瞬で蹴散らす、あの力の持ち主。

『ただし太古の昔、戦いでその肉体は四散……もう既に、全盛期の力を知らない者も多いでしょうね。そして現在、あなたが「暗黒竜王」の転生体としてこの世に現れた、という感じね。「暗黒竜王」は古代から自らの依り代を選んでは、何度かこの世界に現れているわ。あなたもその一体――ということでしょう。その基準や、それぞれの依り代の末路までは私には分からない。今の私に分かるのは、あなたが確かに「暗黒竜王」の力を持っていること。今はまだモンスターとして下級の存在で「暗黒竜王」の真の力を使いこなすには至っていないこと……くらいかな』

実質的に、何も分からないに等しいってことか。

まあとりあえず、『暗黒竜王』の力を使いこなすことができれば、俺はもっと強くなれる――っ

てことだな。

『ええ。それだけは間違いないわ。魔導王を倒したいのなら、ステータスもスキルもまだまだ全然足りていないから、死ぬ気で鍛えなきゃね』

ああ、分かっているさ。

魔導王が率いていたゴーレム軍団は、さっきの奴よりずっと巨大だった。巨人種なら中級、もしかしたら上級に匹敵する強さの個体もいるかもしれない。

しかも、相手はゴーレムだけではない。魔導王はさらに飛行とブレスで攻撃ができる竜種も数百単位で揃えている。

先行きに不安がないと言えば嘘になる。

このままレベル上げと進化を繰り返し、あの最強の姿に到達するのに一体どのくらい時間が掛かるのか見当も付かない。

それでも着実に強くなっているのは確かだ。

いつか奴らを蹴散らせるくらいの強さを手に入れられる日も必ず来るはずだ。

※

ミラたち一行は謎の小竜との出会いの後、森の中を進んでいた。

一ヶ月前、エレノア王国が壊滅的な打撃を負ったことで、王家を初めとした生き残りの国民たちは国土を追い出され、苦しい状況を強いられていた。

王家は同盟国であるラシェルに逃げ延び、騎士団や魔法戦団なども同様にラシェルに身を寄せている。国土の大半をモンスターが闊歩《かっぽ》する魔の土地とされてしまったエレノアでは、たとえ辺境であっても安心して暮らすことなどできないからだ。

これを奪還したいところだが、一朝一夕にはいかない。

しかも悪いことに、エレノアが壊滅してからはラシェル王国も魔導王の侵攻を受けている。

『魔獣の森』の確保は、エレノアの奪還だけではなくラシェルとの外交的な問題を考えても必要であり急務だ。ミラたちは作戦説明の際、むしろ後者を強く説かれていた。

そこに異論を唱えるつもりはない。一行の団結は固く、その足並みに乱れはない。

「早い話が、あたしたちの力を――エレノア王国の力を示すこと。それが任務の要諦《ようてい》ですね」

「なるほどねー。そういう理由があったんだね、今回の任務って」

アビーが感心したように頷いた。

どうやら魔法戦団のエースであるはずの彼女は、この任務の目的を深く把握はしていなかったらしい。

それでもモンスターたちを倒すという使命感で士気を高く保てているのだから、良い性格だといえるだろう。

「アビーは考えなさすぎ」

と、横合いからコレットが言った。

「失礼だなー。私だって考えてるよ」

「あんたが考えてるのは、美味《おい》しいご飯のことくらいじゃん」

「まあ、それほどでもないけどね。ほら、私ってグルメだし」

アビーが胸を張って得意げにするのを、コレットはげんなりした顔で見ながらため息を吐いた。

「……今のを褒め言葉と受け取れるのがすげーわ」

「えっ、けなされてたの？」

ショックを受けたようなアビーに、ミラはくすりと笑う。

「まあまあ」

ミラは二人の間に割って入り、声に懐かしそうな色を乗せた。

「まったく、相変わらずですね、二人とも。本当に、いつまでも変わりがない」

「ふふ、そういえばこの三人で組むのって半年ぶりだっけ」

にっこり笑ったアビーに、コレットが半目で嫌味を言う。

「あんたはちっとも変わりがないね、アビー。ほんと、これっぽっちも」

「いやー、それほどでも」

「進歩がない、って言ってるんだけど？」

「またけなした！」

「まあまあ、コレットなりの親愛表現なんですよ、アビー」

ミラがくすくすと笑いながら、二人の間を取りなした。

「本当に親しい人にしか毒を交えて話しませんもの、コレットは」

「むー……」

アビーも気分を害しているわけではないのだろう。むくれつつも、すぐに機嫌を直したようにいつもの笑顔を見せる。

任務中だということを忘れてしまいそうになるほど、和気あいあいとした空気。

特に仲の良い三人が揃うといつもこうなる。もちろん遊びというわけではなく、相応の実力を示すからこそ誰も文句を付けないのだが、快《こころよ》く思わない者も中にはいる。

「それくらいにしておいたら？　遠足に来ているんじゃないのよ」

先輩の女騎士バーバラにたしなめられる。険のある表情でミラを睨《にら》み、強い口調で言う。

「特にミラ。あんた、ちょっと上の覚えがいいからって図に乗らないでよ。騎士団の次期エースだとかチヤホヤされて」

「あたしはエースなんて器じゃありません」

ミラはバーバラを真っ向から見据えて言った。

「その名に相応しいのは、ガルダ様のみです」

強くそう言ったミラに気圧《けお》されたのか、バーバラは口をつぐんだ。

「ガルダファンだもんね、ミラって」

重くなった空気を払うようにアビーがからからと笑う。

「王国で最強の――いえ、大陸で最強の騎士だった、とあたしは信じています」

「それにお姉さん……カレンさんがガルダの恋人なんだったっけ？」

「いえ、姉とガルダ様はそういう関係ではなかったようです。お互いに意識はしていたみたいですが……」

そうは言うが、周囲がどういった目で二人を見ていたのか、どんな噂を立てていたのかは把握しているし、ミラ自身も強く否定することはなかった。

実際、二人はお似合いだったように思う。姉のカレンとガルダが付き合い、いずれ結婚でもすれば、自分はガルダの義妹《ぎまい》となる……そんなことを妄想したこともあった。

だが、姉はもういない。先の戦い——魔導王のエレノア王都侵攻の折、ゴーレムに踏み潰されて死亡した、と聞かされていた。

そしてガルダもまた……。

(姉さんもガルダ様も、きっとどこかで生きている……あたしは信じてる)

生存は、絶望的だとは思っている。征服された王都は、死体や遺品の回収すらままならない状況なのだ。確認する術《すべ》はない。

それでもミラは自分自身に、「きっと大丈夫」と言い聞かせる。

「——歓談《かんだん》はそれくらいにしとこ。来るよ」

不意にコレットが警告した。シリアスな声色から、何があったのかを瞬時に判断したミラとアビーは意識を切り替えた。

僧侶である彼女は、邪悪なものや敵意のあるものの感知に優れたスキルを備えていた。

周囲には樹木。前方には、特に大きなそれが一本あるだけで、少なくともミラの感覚では察知ができない。

『なんだ、お前たちは？』

粗暴さを感じさせる声と共に、一本の樹《き》がうねった。

樹の向こう側に何かがいる——？

「あの樹自体がモンスターだ」

ミラの内心の疑問を読み取ったようにコレットが告げた。

『魔導王様の側近である「神樹伯爵《しんじゅはくしゃく》」様に歯向かう不届き者か？　ええ？』

コレットは鑑定スキルを発動してモンスターを注視する。

「種族は『邪精霊《じゃせいれい》ドライアド』。属性は『木』。レアリティは5——」

レアリティというのは戦闘力や希少性等によって示される数字だ。言ってみれば、モンスターの『格付け』の数字である。

5ともなれば、相当に強敵である。

「『神樹伯爵』というのは、この森を支配するモンスターでしょうね。その手下というところでしょうか」

ミラは表情を引き締めて、剣を抜いた。

アビーが魔法の杖を、コレットが錫杖《しゃくじょう》をそれぞれ構える。

「ただのでくの坊でしょ。見るからに弱そうじゃない」

挑発的な言動と共にバーバラが剣を手に、進み出た。

彼女の実力は分かっている。ミラに劣るとはいえ、彼女は騎士団内でも指折りの剣技の持ち主ではあるが――。

「待って！　戻ってください、先輩――」

嫌な予感がして、ミラは叫んだ。

「あたし一人で十分だっていうのよ。さあ、かかってきなさ――」

言いかけたところで、

――ごとり。

重い物が落ちる音。それは、バーバラの首であった。何が起きたのか分からないうちに首を刎ねられたのだろう、表情は死の直前で固まったままだった。

首を失った胴体が力なく倒れる。

「せ、先輩……？」

ミラは眼前の光景を呆然と見つめていた。

ついさっきまで自分と会話をしていた人間が、首なし死体となってその場に転がっている――奇妙なほど現実感が薄い光景だ。

十七歳にして騎士団でも十指に入る剣技を誇り、若き精鋭と称される彼女だが、実戦経験は多くない。彼女が高い評価を得ているのは、あくまでも訓練成績が抜群に良いためだ。モンスターを相手にした本格的な討伐は今回が初めてだった。

そして、他人の死を見るのも。

「ひ、ひぃぃぃぃぃぃぃぃぃぃぃぃぃぃぃぃっ！」

気が付けば、ミラは叫んでいた。

恐怖に全身が震え出した。

彼女と同じく主に訓練成績のみで評価されていたメンバーは、かなり動揺しているようだった。

「きゃぁぁぁぁぁぁっ、バーバラが!?」

悲鳴を上げる者。

「くそっ、よくもっ！　この化け物がぁぁぁっ！」

怒号を上げる者。

そんな一団を、ミラは呆然と見つめている。

違う。やはり実戦と訓練は全然違う……。

「――落ち着いて。大丈夫だよ、ミラ」

背後から誰かに抱きしめられた。アビーだ。

普段の粗雑な雰囲気ではなく、優しく癒してくれるような抱擁感があった。

「私がいる。コレットもいる。みんなもいる。大丈夫。あいつを倒そう」

「アビー……」

不思議なほど気分が落ち着いていく。コレットやアビーはミラと違い、実戦で認められた叩き上げだ。こういう時の落ち着きは、ミラよりもずっと上だった。

「……ありがとうございます。あたし、戦います」

エレノアの騎士として。

『ふん、一人殺したくらいじゃ闘志は萎えないか』

ドライアドが体を揺すりながら笑った。

『じゃあ、その上で——本格的に絶望してもらおうか』

ミラは落ち着いて相手を観察した。ドライアドは高さ10メートルほどの樹木の姿をしている。

ちょうど人の頭の位置と同じくらい——高さ2メートル弱の位置に、人間のような顔が浮かび上がった。

邪悪な笑みを浮かべた、本能的な恐怖を喚起させる表情だ。

「しょせん、樹だろ？　焼き尽くしてやるよ！」

中年の魔法使い二人が杖をかざした。

「『ディーファイア』！」

中級の火炎魔法を同時に放つ。渦を巻く火炎が二発、ドライアドに命中した。

爆発と共に、炎に包まれるドライアド。

呆気なく戦闘が終わった手応えに、魔法使いは拍子抜けしたような表情で嘲《あざけ》った。

「はっ、直撃かよ」

「樹じゃ動くことも避けることもできないだろうからな。呆気ない——」

『いい気になるんじゃないい』

声と共に、ドライアドから炎が弾け散った。

『俺はただの樹木じゃない。「精霊」だ。物理的な炎は効かんよ』

無数の枝がしなり、鞭のように伸びた。

「がっ!?」

「ぐあっ……」

先端部が槍のように尖った枝に貫かれ、魔法使い二人が相次いで倒れる。いずれも心臓を貫かれて即死だった。

「ちいっ、魔法が効かないなら剣だ！」

今度は青年騎士が剣を手に斬り掛かった。

と、その首がいきなり斬り落とされる。悲鳴を上げる暇もなく、青年騎士は倒れた。

「まただ――」

ミラは冷静になろうと努め、ドライアドの観察を続ける。

先ほどバーバラが殺された時と同じだった。一撃で首を落とすほどの切れ味を持った見えない攻撃。ドライアドは大きな動きは見せていない。だというのに、確実に攻撃は放たれている。

『弱いねぇ……弱すぎる。魔導王様や神樹伯爵様はおろか、この俺にすら歯が立たないのか、人間ども』

ドライアドが哄笑《こうしょう》した。

無数の枝が繰り出され、さらに周囲の魔法使いや僧侶が貫かれて、殺される。その合間に見えない斬首攻撃が繰り出され、騎士たちが首を落とされて、殺される。

「こ、こんな……」

ミラは呆然としたまま立ち尽くしていた。

ほんの数分の間に、ミラ、アビー、コレットの三人を除いた全員が殺されていた。

『後はお前らだけか。「神樹伯爵」様に歯向かおうなんて奴は一人残らず殺しておかないとな』

ドライアドの『顔』がミラたちを睨みつける。

気圧されてしまいそうになるのを、ミラは必死で奮い立たせた。

「あまり調子に乗らないでよ。あたしたちは負けない」

コレットが気丈に言い放つ。

普段は飄々《ひょうひょう》としている彼女だが、さすがに顔面蒼白だ。

「黙って殺されてたまるか」

アビーも同じく気丈に、魔法の杖を構えている。

（そうだ、あたしだって――）

確かに、ドライアドは強い。

その場に留まれば、強力な枝の攻撃が来る。接近すれば、不可視の斬首攻撃を受けてしまう。まるで隙がない。

「それでも、戦う」

騎士として。憧れのガルダのように、強く――。

「……二人とも聞いて。あいつの『見えない斬首攻撃』のネタは分からない。けど必ず隙はある」

コレットがミラとアビーに囁《ささや》いた。

「それを踏まえて、あたしたち三人で奴を攻略しよう」

※

俺は森の中を進んでいた。

様々なモンスターが生息するこの森では、常に周囲に気を配ることが必要だ。油断をすれば、いつ狩られるか分からない。

それが野生の現実。

幾度か狩りをして、必要なのは周囲のモンスターを把握し、格下だからと侮らず全力で狩る姿勢だと学んだ。

時には油断して不意打ちを受けることもあるが、落ち着いて立て直せば大事には至らない。

……もちろん、油断するつもりなんてないが。

と、そこで俺は足を止めた。茂みの向こうに岩場が広がっている。

あれは――。

俺は目を凝らした。

一見してただの岩塊だが、俺には分かった。

ここはモンスター『バレットロック』の群生地だ、と。

奴らはレアリティ4のモンスターであり、経験値だけでなく進化ポイントを入手できる貴重な敵だった。

バレットロックなら既に攻略法を確立できている。ナビの力を借りられる俺にとっては大した相手ではない。

この近辺のバレットロックはあらかた俺が狩り尽くしたつもりだったが、まだ群生地があったらしい。

何度かバレットロックと遭遇するうちに、俺はただの岩塊と奴らとの違いを見分けられるようになっていた。

外観は単なる岩塊とまったく同じ。ただ、気配が違う。

『ただの無機物』と『無機物の外観をしたモンスター』の違い。

今の俺はそれを察知できる。

進化したドラゴンとしての感知能力なのか、あるいは単なる慣れなのか。どちらにせよ、俺には眼前の岩がバレットロックだと分かった。

その数は四つ。

……で、いいんだよな、ナビ。

『正解よ。前方に一つ。右斜め前に二つ。左斜め前に一つ。いずれもバレットロックね』

ナビが答えてくれる。

奴らが光弾を撃ってくる方向は分かるか？　さすがにそればかりは俺では計算ができない。

『もちろん』

じゃあ、指示してくれ。俺は例によって死角からブレスを撃つから。

『りょーかい』

指示された場所への移動と打撃攻撃に、為す術なく砕け散るバレットロックたち。

――というわけで、俺はあっさりとバレットロック四体を仕留めた。

ドラゴンブレスはさっきの戦いでしばらく使用できなかったが、俺には【爪撃】や【竜尾】のスキルがある。これらで一体ずつバレットロックを破壊していったのだ。

俺の小さい手足では役に立たないかとも思ったのだが、このスキルは意外なほど威力がある。それこそ岩を砕くのだって容易だった。

『「進化の宝玉D」×4を取得しました。進化ポイントを12獲得しました。既定の進化ポイントが貯まったため、進化可能です。進化先候補を表示します。進化を希望する場合、そのどれかを選択してください』

淡々としたナビの言葉。

おお、次の進化ができるようになったのか！

早速表示してくれ！

『りょーかい』

～～～～～～～～～～～～～～～～～～～～～～～～～～～～～～

『リトルダークドラゴンⅡ（陸戦型）』

暗黒の力を備えた子竜、その新たな形態。力強い四肢と強力な牙や爪を備え、陸上での戦いに無類の強さを発揮する。古竜クラスまで成長することで、あらゆる【闇】を統べる存在になる可能性を秘めている。称号『暗黒竜王』を持つ場合、一定条件下でステータスが大きく底上げされる。

『リトルダークドラゴンⅡ（空戦型）』

暗黒の力を備えた子竜、その新たな形態。一対の翼を備え、飛行能力を獲得。空中戦を可能とするが、パワーに欠ける。古竜クラスまで成長することで、あらゆる【闇】を統べる存在になる可能性を秘めている。称号『暗黒竜王』を持つ場合、一定条件下でステータスが大きく底上げされる。

～～～～～～～～～～～～～～～～～～～～～～～～～～～～～～


今回は地上か空中、どちらかに特化した形態へ進化できるらしい。

陸戦型と空戦型か……それぞれに得意分野があるってことだよな？　そして苦手分野も。

さて、どっちを選ぶべきか――。

『そうね。陸戦型も空戦型も一長一短って感じよ。パワーや格闘重視の陸戦型。スピード重視で三次元的な機動が可能な空戦型。バトルスタイルが異なるから、後はあなたがどっちを重視するかよ』

なるほど……。

とはいえ、今こうして森を四肢で這って移動しているのにそこまで不便はないから、何が必要になるのかはパッと思い浮かばない。

決めかねていると、ナビが助言してくれた。

『別に、すぐに決めなきゃいけないわけじゃないわよ。迷っているなら、しばらく今の姿のままで、任意のタイミングで進化することもできるわよ』

そうだったのか。俺はてっきり、今この場で決めないと駄目なのかと思っていた。

あ、もう一つ確認しておこう。進化を保留している間に、新しく進化ポイントを得た場合はどうなるんだ？　貯蓄して、次回の進化へ持ち越しされるのか？

『いえ、その場合は破棄されるわね。つまり保留した場合、新たに得た進化ポイントは丸々無駄になるわ』

上手くやれば必要な時にまとめて進化できるかと思ったけど、そういうことになってしまうのか。

うーん……じゃあ、今決めた方が得ってことだよな。

とはいえ、進化は後戻りできないから、焦って決めるのも良くないだろうし……。

俺は悩んだ。

と、そこで、脳裏に襲撃された王都の光景が思い浮かんだ。焼き尽くされる街、逃げ惑う人々、その炎を放った空を埋め尽くす竜たち……。

そう……だよな。

冷静に考えれば、悩む必要なんてない。

『ん、答えが出たの？』

ああ。俺が目指す先は、魔導王の軍団との戦いだ。それを考えれば、最初から必要になる物は決まってる。

飛行可能なドラゴン軍団に対抗するためには、こっちも翼を得る必要があるんだ。だから――俺は『空戦型』を選ぶよ、ナビ。

『おっけー。じゃあ、進化開始だね。いっくよ～！』

俺の頭の中で高らかなファンファーレの音が響いた。

最初の進化の時と同じだ。

単なる演出らしいが、それにしては凝っている。ナビの趣味なんだろうか。

次の瞬間、俺の全身に熱い衝撃が走り抜けた。

うおおおおおおおおおおおおおっ!?

体中の血液が沸騰するような感覚。

四肢からスッと力が抜ける。心なしか、前脚も後脚も細くなったようだ。さらに、背中がひときわ熱くなったかと思うと、ボコッ、ボコッと盛り上がり、弾《はじ》ける。

もしかして、この感覚って――！

変化する感覚が落ち着くと、微妙に全体の重心が変わっていることに気が付いた。

ナビ、今の俺ってもしかして、翼が生えた!?

『そ。今のあなたはこんな感じの姿よ』

ナビの声と共に、俺の前方に竜の姿が映った。

黒い体に細い四肢、そしてコウモリのような皮膜《ひまく》状の翼。翼が生えたことで、ますます竜っぽくなったな。

これが——進化した俺か。さらにもう一つ、今までと違う部分があった。胸元にクローバーを思わせる紋章が浮かんでいるのだ。

『【闇】の紋章を獲得しました。【闇】の出力が20％アップしました。新たなドラゴンブレスを習得しました』

ナビが平板な口調になって告げてくる。

ん？　なんかちょっとパワーアップしたっぽいアナウンスだな。

文言から察するに【闇】の力ってのが強まったんだろうか？　どういう効果があるのか、具体的には分からないけど——。

それに新しいドラゴンブレスってのも気になる。

俺はさっき『全開版』を使って、一時間ほどはドラゴンブレスを使えない状況だ。もう一つのブレスを使うことができるなら、もしもの事態の時に助かるんだが、ブレスそのものが使えないんなら意味がなくなってしまう。

その辺りはどうなんだ？

『安心して。ドラゴンブレスの待機時間《クールタイム》はブレスの種類ごとにカウントされるわ』

ナビがいつも通りの口調に戻って説明した。

『だから【滅びの光芒】についてはあと一時間は使用不能だけど、もう一つのブレス——【災いの波動《カラミティウェーブ》】はいつでも使えるわよ』

カラミティ……ウェーブ？　それが新しいドラゴンブレスの名前なのか。

と、その時だった。

ぞくり……と全身にすさまじい怖気《おぞけ》が走る。

何かが、近づいてくる。邪悪な気配を持つ何者かが。

他にもこちらに近づいてくる気配があった。

がさがさと茂みを掻き分けながら、一直線にこちらへ向かってくる。

「えっ、あなたは——？」

戸惑ったような声。

茂みの向こうから現れたのは、少し前に別れた騎士のミラだった。

「あなたは——さっきのドラゴンさん？」

俺を見て、首を傾げるミラ。

後ろからはコレットとアビーもやって来ていた。

「あ、ほんとだ。でも、さっきとは姿が変わってないか、こいつ？」

「翼が生えてる。足も細くなってるし——」

コレットは俺の変化を観察しているのか、少し顔を近づけてきた。

「胸の紋章は――【闇】の眷属の証ね。さっきまではこんなのなかった……この竜、確か暗黒竜王の眷属だったはずだし、【闇】の力が増してるんじゃねーの？」

と、コレットが眉を寄せる。

「話は後です、二人とも。来ますよ！」

ミラが剣を構えた。

来る？　訝しんだ直後――。

その言葉通り、彼女たちの背後から何かが近づいてきた。

最初は、蛇の大群に見えた。が、よく見れば違う。それは鞭のようにしなる無数の枝だ。それらがミラたちを追いかけてくる。

彼女たち三人は俺から離れつつ、それぞれが構えた。

「このっ……【ウィンドカッター】！」

アビーが魔法で風の刃を生み出す。

しかし、枝の群れはそれをあっさりと吹き散らしてしまった。

「駄目だ、魔法が効かない――」

「これなら――【スロウ】！」

今度はコレットが僧侶魔法を掛ける。確かあれは、対象の動きを鈍らせるデバフ系の呪文だ。

枝の群れは一瞬動きが止まり――すぐに復活して、再び迫りくる。

「やっぱり……魔法の効果が薄い……!?」

コレットが呻く。

『ドライアドね。なかなか強力なモンスターよ』

と、ナビが言った。

『ステータスを表示するわ』


～～～～～～～～～～～～～～～～～～～～

称号：邪精霊　種族：ドライアド　形態：樹木タイプ
ＬＶ：13　ＨＰ：25　ＭＰ：１７０　攻撃力：89　防御力：１１１　素早さ：０　★：５

○所持スキル
【鞭の枝】ＬＶ6　【火炎無効】ＬＶ9　【防御上昇】ＬＶ7

～～～～～～～～～～～～～～～～～～～～


ドライアドのステータスが表示され、ミラたちが警戒する理由が分かった。

確かにステータスが高い。しかもレアリティは今までに出会った中で最高クラスの『5』だ。

レッサージャイアントと同じ程度の格を持っているということになる。

俺の位置からは枝しか見えないけど、樹木タイプってことは本体は樹なのか？

『ええ。彼女たちを追いかけている枝はドライアドがスキルで動かしているはずよ。多分本体はずっと向こうにいると思う』

ナビが解説してくる。

その間に、枝の群れはミラたちに追いつきそうになっていた。そうだ、こういう時こそ飛行能力の出番じゃないか。

俺は背中に力を入れた。

意思の通りに翼が動く。それは非常に不思議な感覚だった。人間だった頃は翼なんて器官は生えてなかったし、もちろん空を飛んだ経験もない。だから、ぶっつけ本番である。

今、助けるぞ――！

俺は地を蹴り、背中にグッと力を込めた。翼の羽ばたきが強くなる。

ぐらり、ぐらり、と左右に揺れながら、俺は不格好に飛んだ。

まだ慣れてないせいで、まっすぐに飛ぶことも難しい。ただ、飛行すること自体はできそうだ。

俺はミラたちの元へ一直線に飛ぶ。

「えっ、あなたは――」

ミラがこちらを見て、驚いた顔になった。アビーとコレットも同じく驚いた様子を見せる。俺は戦力としてカウントしていなかったからかもしれない。

その間にも枝の群れは間近に迫っている。

掴《つか》まれ！

ドラゴンの声帯から出たその声は、単なる鳴き声に変じてしまう。

それでも、なんとなく意味は伝わったのか、あるいは彼女たち自身が判断したのか……ミラたち三人は俺の体に飛びついた。

しがみつく彼女たちを連れて、俺は高度を上げる。後ろから迫る枝が体を掠《かす》めていく。

間一髪。俺たちは空を飛び、枝の群れから逃れることができたのだった。


俺は翼をはばたかせ、少しずつ高度を上げていった。

空を飛ぶとはこういう感覚なのか――。地面で足を踏ん張ることができない状態は、なんとも足元が心もとない。今にも空中から落下してしまうんじゃないかと不安になってしまう。

「あ、ありがとうございました、ドラゴンさん」

俺にしがみつきながら、ミラが礼を述べた。

「助かった。ありがと」

「まあ、その……感謝するよ」

続いてアビーとコレットも礼を言う。

「……って、言葉が通じるんでしょうか？　モンスターなのに人の言葉が分かるのですか？」

首を傾げるミラ。

「んー……モンスターとはいえ、なんかドラゴンって人間以上の知性の持ち主ってイメージがあるね」

アビーが補足した。

確かに、俺が知っている限りでも竜種は特に知性が高く、過去には人間とのコンタクトを図った事例もある。

「上位の竜はそう。けど見たところ、下位竜みたいだしね。あたしたちの言葉を理解してるかは怪しいんじゃねーかな」

と、コレット。

いやいや、下位は下位でも中身は人間だし、言葉は完璧に理解できてるぞ。ただ人間の言葉は喋《しゃべ》れないけどな。

そうだ、身振り手振りで彼女たちと意思疎通できるだろうか？

さすがに今やろうとしたら三人が落ちてしまうのでやることはできないが、落ち着いたら試してみよう。

「見てください、枝が……！」

ミラが眼下を指さした。

俺がいる高度よりも10メートルほど下だろうか、うねる枝がこっちに向かってくる。

あの枝――どこまで伸びるんだ⁉

「今度こそ撃ち落としてあげるっ！【ファイアショット】！【クリムゾンアロー】！」

アビーがいくつもの火炎呪文を放つが、どれも枝には通じない。火炎系は通用しそうな気もするのだが、実際には枝に触れた瞬間に弾け散ってしまうのだ。

何か特別な能力を持っている？　困惑していると、ナビが声を上げた。

『あの枝……全体に魔力のコーティングがされてるわね』

逃げている間に詳しく鑑定したようだ。

『木の精霊の弱点は炎……それをカバーするために、物理的な炎から身を守るように魔力の防護膜を張っているのよ』

物理的な炎……か。魔法の炎じゃダメなのか？

『魔法で生み出したものも、基本的には「物理的な炎」の範疇《はんちゅう》よ。高位の魔法やスキルなら「物理を超越した」火炎を生み出すこともできるけど――あの魔法使いの女の子はそこまでのレベルには達してないわね』

そんなレクチャーを受けている間に、枝はもはや間近に迫っていた。

何度も呪文をぶつけていたアビーだったが……。

「駄目、やっぱり効かない――！」

アビーが悲鳴を上げる。

「あたしもさっきから【スロウ】や【制止】を掛けてっけど全然ダメだね。まるで効きやしない」

と、頭を掻くコレット。

なら俺がやるしかないな。

食らえ――スキル【爪撃】＆【竜尾】！

体をひねり、四肢と尾を振るった。ミラたちは振り落とされないように掴まる力を強める。

飛行中でバランスが大きく崩れるが、なんとか踏ん張るしかない。

がちぃん、と硬い金属同士がぶつかるような音と共に、俺の爪と尾はドライアドの枝の群れを弾き返した。思ったより威力が高いな、俺の格闘スキルは。

『陸戦型ほどじゃないけどね。空戦主体とはいえ、あなたは今までより進化しているもの』

だが、枝の硬度も異常だ。見た目は生木の柔らかさを感じさせるのに、打った感じはまるで金属だった。

だが、枝は弾いてかわせた。よし、このまま一旦距離を取るぞ。

――と思った矢先、がくんっ、と不意にバランスが大きく崩れた。

なんだ？　体が引っ張られる――？

見れば、ドライアドの枝の一部が俺の後ろ脚に絡みついている。

ちぃっ、さっきの攻撃で全部弾き返したつもりが、残ってた枝があったのか！

そのままグイっと引っ張られた。

駄目だ、振りほどけない――！

俺は枝に引っ張られ、眼下の森へと引き寄せられていく。そのまま三人と共に、強烈な勢いで地面に叩きつけられた。

『ふん、一人たりとも逃がすと思ったか？』

重々しい声が響く。

眼前には巨大な樹木が佇んでいた。

そいつの高さ二メートルほどの位置に、人の顔のようなものが浮かんでいる。

あれが、邪精霊ドライアドの本体か――！

『「神樹伯爵」様を討とうなどという不届き者は全て始末する。あの方の側近たるこの俺が、な』

ドライアドが全身を揺する。まるで生気を感じさせないレリーフのような禍々《まがまが》しい顔が歪《ゆが》んだ笑みを浮かべる。

『ん？　そっちのドラゴンはなんだ？　さっきはいなかったが――』

と、ドライアドが俺に視線を留め、驚愕したように目を見開いた。

『【闇】の紋章……？　お前のような小竜が、なぜ……？』

「【スペルブースト】！」

コレットが呪文を唱えた。放たれた光がアビーに当たり、オーラとなる。確か、魔法の威力を増幅する僧侶魔法だ。

「アビー、狙って！」

「了解っ、【エクスファイア】！」

アビーが火炎魔法を放つ。

――ばぢぃっ！

ドライアドの表面で、その炎は弾け散ってしまった。

「上級魔法でも駄目か……」

『ふん。魔力を増幅させて上級魔法を撃ってきたか。だが、無駄だ。何度やろうが炎が物理的である限り、俺には効かん』

勝ち誇るドライアド。

そういえば、『物理を超えた炎』ならダメージを与えられる、と言っていたな。俺のブレスじゃ駄目なのか？

『【滅びの光芒】は炎じゃなく光属性ね。通用するかどうかは撃ってみなければ分からないけど、そもそもクールタイム中だし』

そうだ。そもそも、【滅びの光芒】は撃てないという前提があった。

なら、もう一つの方法は——。

『もう一つの【災いの波動】の方は攻撃主体のブレスじゃないし——』

くそ、そうなのか。

どうする？　これ以上の手段は……。

『気が済んだか？　では、まとめて串刺しにしてやろう』

ナビの説明を遮るようにドライアドが言った。

無数の枝がざわめく。その先端が槍のように尖ったかと思うと、俺たちに向かって殺到した。

「くっ……スキル【乱れ斬り】！」

ミラが高速斬撃を放つスキルを発動した。

繰り出される枝の槍撃を片っ端から弾き返す。

「【プロテクション】！」

さらにコレットが防御系の僧侶魔法を使い、俺たち全員の周囲に防御フィールドを張る。

これでしばらくは持ちこたえられるだろう。その間に反撃の手段を見つけるしかない。

ナビ、もう一つのブレスはあいつに通用しないのか？

『もう、説明が途中でしょ。【災いの波動】は直接的な攻撃力はないの。ただ、あいつの防御を無効化することはできるわ』

防御を無効化？

一体どういうことだ？

『あいつの防御特性は「物理的な炎を遮断する」こと。それを一時的に無効化するの』

じゃあ、【災いの波動】を当てれば、火炎魔法が通用するようになるのか？

問答の間も、ドライアドの枝槍が間断なく襲ってきていた。それを迎撃するミラは徐々に疲労が溜まってきているようだ。

コレットが作った防御フィールドには亀裂が走っている。

まずいぞ、このままじゃ遠からず持ちこたえられなくなる。

どうなんだナビ、【災いの波動】はあいつに有効なのか!?

『おそらく、ね』

そんな焦りを知ってか知らずか、ナビは冷静に説明を続ける。

なら、やってくれ！

『慌てないで。「一時的に」って言ったでしょ。しばらくすれば相手の防御は復活するの。上手くタイミングを合わせなければ、無駄撃ちになるわよ』

タイミングを合わせる……？

つまり俺がブレスで奴の防御を無効化し、ぴったりのタイミングでアビーが火炎魔法を撃てばいいわけだ。

だが、竜である俺は人の言葉を話せない。どうやって彼女たちにタイミングを指示すればいい……？　何か合図の仕方があれば――。

「きゃあっ……！」

ミラが剣を弾き飛ばされた。

コレットが張った『プロテクション』も既に亀裂だらけで、今にも穴が開きそうだ。

これ以上は、もう持たない！

――待てよ。

ミラは前世の俺と同じエレノア騎士団に所属している。だったら、合図を送ることができるかもしれない。

試してみるか、あれを。

『どうした？　反撃してこないのか、ええ？』

ドライアドが勝ち誇る。

相変わらず枝槍は四方から殺到し、ミラの斬撃とコレットの防御呪文でしのいでいる状況だ。防ぐのが精いっぱいで反撃に転じるのは無理だった。

やはり、勝つためには奴の防御を――『物理火炎無効化』を打ち破るしかない。

俺のブレスなら、それができるかもしれない。

だが、できたとしても無効化できる時間は限られている。そこにタイミングを合わせなければ、勝機はない。

だから――。

俺は尾を思いっきり振り上げた。

気づいてくれよ、ミラ――そう念じながら、

――どしん、どしんどしん……！

地面を三度打つ。一拍置いて、さらに二度。

「えっ……？」

ミラが驚いたような顔をした。

もう一度、同じように尾で地面を叩いた。

これはエレノア騎士団に伝わる、戦場での攻撃合図の一種である。本来なら金属を打ち合わせて合図を送るんだが、俺はそれを尾で行ったのだ。

「あなたは……なぜ……!?」

呆然とした視線を俺に向けるミラ。

――びしっ……！

その時、【プロテクション】の防御フィールドに大きな亀裂が走った。

駄目だ、もう壊れる。ミラに今の合図が伝わったかどうかは分からない。だが、伝わったと信じ

て、次の行動に移すしかない。

次の行動――ドラゴンブレスの発射を。

『【滅びの光芒】と【災いの波動】――二種類のブレスは、発動時に念じれば切り替えられるわ』

念じればいいのか？　でも実感が湧かないし難しそうだ。

『そうね……最初は慣れないだろうから、心の中で叫んでみて、撃ちたいブレスの名を……。それでいけるはず』

了解だ。

奴の防護を吹き飛ばせ、【災いの波動】――！

俺は念じつつ、口を大きく開く。

すると、【滅びの光芒】とは違う感覚が体の奥底から湧き上がってきた。口内から気道、腹の底までが灼熱していく。

「アビー！　ドラゴンさんが何か仕掛けます。あなたも呪文の準備を！」

ミラが叫んだ。

「えっ？　えっ？」

戸惑ったようなアビーに、ミラが畳み掛ける。

「お願い、あたしを信じて！」

「……了解」

頷いて、アビーは杖を構えた。呪文の詠唱を始める。

『何をする気か知らんが、無駄だ！』

ドライアドの枝槍が【プロテクション】の防御フィールドを完全に打ち砕いた。

その、瞬間。

食らえ――！

俺はドラゴンブレスを放つ。

第二のブレス【災いの波動】――紫色の光線がドライアドの顔面に命中する。

だが、ブレスが消えた後も、ドライアドにはなんのダメージも与えられていないようだ。

『なんだ……？　痛くもかゆくもないぞ』

怪訝そうな様子を見せたドライアドは、次の瞬間、ハッと顔を強《こわ》ばらせた。

『俺の防御フィールドが消えている!?　馬鹿な――』

「アビー、今です！」

「いっけぇぇぇぇぇぇぇっ！」

既に魔力をチャージしていたらしいアビーが、即座に火炎呪文をぶっ放した。

中級火炎魔法『ディーファイア』の連射。

次々と炸裂する火炎がドライアドの体に着弾。今度こそ、巨大な樹木が音を立てて燃え、弾けていく。

『ぐっ!?　があああああああああああっ……！』

枝槍を伸ばそうとするも、伸ばしたそばから枝は灰となって崩れていく。

やがて、ドライアドは全身を燃やされ、消し炭と化した。

厄介な敵だったが、どうにか倒せたか。

ミラの指示も、アビーの呪文もタイミングはバッチリだった。即席の連携にしては上々だったと思う。

「ドライアドを倒した……！」

ミラ、アビー、コレットの三人は驚き半分、喜び半分といった様子で顔を見合わせていた。

特にアビーは戸惑いが大きいらしい。

「どうして急に火炎魔法が効いたんだろ？」

怪訝そうなアビー。

そりゃそうか。レベルが高くなければ魔法の炎は物理を超越しないらしいし、自分がそのレベルに至っていないことはアビー本人がよく分かっているだろう。

「ミラは全部分かっていて、私に呪文を唱えさせたの？」

「いえ、あたしは……」

ミラは首を振り、

「ドラゴンさんが何か仕掛けると思ったので、アビーにお願いしました。このメンバーでドライアドに有効打を与えられる可能性が一番高いのは、あなただと思いましたから」

「その判断は正しかった、ってことだね」

コレットの言葉に、アビーが得意げな顔を見せた。

「多分、さっきのドラゴンブレスは防御か特殊効果辺りを無効化できるんでしょ。で、それに合わせてアビーに攻撃させた……ってことか。でも、どうしてタイミングを合わせられたのさ？」

「実は……ドラゴンさんが、騎士団に伝わる攻撃合図と似たような動作をしたんです」

ミラが答える。

「尻尾で地面を三度叩いて、一拍置いた後にまた二度……偶然とは思えませんでした。戦況から考えて、おそらく火炎魔法を撃たせようとしているんだろう、と推測して、それで……」

「なるほど、ね」

コレットが頷く。

ミラはきちんと俺の意図を理解してくれていたらしい。あそこで、騎士団のミラがいなければ本格的に全滅していたかもしれない。

ところが、コレットは俺をじろりと睨み、

「……何者なの、あんた」

と、顔を近づけてきた。

まるで正体を探ろうとするかのように、俺の目をまっすぐに覗《のぞ》きこんでいる。まさか、俺が元人間だと気づいてるんじゃないだろうな。

いや、気づかれたところで、どんな不都合があるのかは分からないが。そもそも、知らせていいことなのか？

何か厄介なことになるのなら、もしかすると駄目なことなのかもしれないし……。

「しかも、その胸の紋章って【闇】の眷属のものだよね？　あんたを鑑定した時に『暗黒竜王の眷属』って結果が出たし……あたし、いちおう僧侶だからさ。邪悪な存在なら滅しておいた方がいいかな、って」

俺に向かって錫杖を向けるコレット。その先端部に淡い輝きが宿った。

こいつ、攻撃系の僧侶魔法を撃つ気か!?

属性的に俺には効果てきめんになってしまうんじゃないのか！

焦っていると、

「ま、待ってください、コレット！」

ミラが慌てたように割って入った。

「ドラゴンさんがいなければ、あたしたちは殺されてました。なのに、そのドラゴンさんを攻撃する気ですか」

「なんで庇《かば》うの、ミラ？　そいつはモンスターじゃん」

コレットが険しい表情になった。

だが、確かにその通りだ。結果として彼女たちを助ける形にはなったが、そもそも俺はモンスター。しかも【闇】の属性を持っていて、伝説的な暗黒竜王にも縁《えん》がある。

僧侶であるコレットに、俺と敵対しない理由はない。

「あたし……なんとなく、このドラゴンさんはただのモンスターじゃない気がして……。なんとな

く、ですけど、でも……みだりに命を奪ってはいけない気がします」

「まあ、恩義があるのは確かよね」

アビーが肩をすくめる。

「……はあ。分かったよ。僧侶のあたしより、あんたたちの方が慈悲深いみたいだね」

コレットが短く息を吐き、苦笑した。

「でも……あたしは情より利で動くタイプだからさ。なんとなくじゃ助ける理由にはならないよ、悪いけど」

「情だけでなく利もあります……！」

ミラがここぞとばかりに熱弁した。

「この森を脱出するためには、あたしたち三人では心もとないと思いませんか？　幸い、ドラゴンさんと意思疎通できる可能性がありますし、一緒に来てもらうというのは？」

「一緒に……？」

「ドラゴンさんと共闘できれば、森のモンスターを撃退できる可能性が上がります。森を出て、エレノアへの増援を頼むために――ドラゴンさんと行動を共にするんです。ドラゴンさんだって一体でいるより、あたしたちと一緒の方が生き残れる確率は上がりますし、互いに利があるはずです」

ん？　それはつまり――。

俺がミラたちと臨時パーティを組むということか？

第３章　決戦、神樹伯爵

ミラたちと共闘――か。

俺は改めて彼女たち三人を見つめた。

いずれも十代後半くらいの少女たちだ。年若いながらもその実力はいずれも一流である。

まず騎士のミラ。

紫色の髪を長く伸ばした生真面目《きまじめ》そうな少女だ。すらりとした体に銀色の騎士鎧をまとっている。

剣の腕前は、おそらく騎士団では十指に入るだろう。一対一はもちろん、スキル【乱れ斬り】を習得しているから一対多数の戦いでも力を発揮してくれるだろう。

次に魔法使いのアビー。

燃えるような赤い髪を肩のところで切りそろえた、明るい顔立ちの少女だ。身に着けているのは黒色のローブ。こちらもなかなか強力な呪文を習得している。ドライアド戦ではコレットの補助を受けたとはいえ、上級火炎魔法の【エクスファイア】を使ってみせた。

最後に僧侶のコレット。

黒髪を三つ編みにした眼鏡少女である。白い僧衣の上からでも凹凸の激しいボディラインがはっきりと分かった。防御魔法の【プロテクション】や他者の魔法の威力を増幅する【スペルブースト】などを習得している。ミラ、アビーとの連携で十分に力を発揮してくれるだろう。

……以上、戦力分析終わり。余計な部分まで分析してしまった気がするけど、まあそれはいいだろう。

『っていうか、私に言ってくれれば、三人のステータスを出すんだけど』

ああ、そういえば、そうか。

じゃあ、彼女たちのステータスを見せてくれ――と、言おうとしたところで、

「ドラゴンと共闘……？　できるのかな、そんなこと」

アビーがミラに言った。さっきの連携くらいでは俺に対する嫌疑は晴れていないのだろうか。

「相手はモンスターだし。意思疎通なんてできないじゃない？」

「でも、さっきはできました」

反論するミラ。その合図も理解できたのはミラだけだった。偶然と言われてしまえばおしまいだろう。

だが、ミラはあくまで俺を擁護してくれた。

「ドラゴンさんには知性があると思います。あたし、なんだかこのドラゴンさんは他人とは思えなくて……」

「情が移ったってーの？」

コレットが肩をすくめる。

「ま、なかなか強力なブレスを備えているみたいだし、共闘できるなら心強いけどさ」

「でしょう？　森を抜けるにしても、強力なモンスターがいるエリアをどうしても通る必要があり

ますし」

強力なモンスターがいるエリア？　そんなところがあるのか。

俺はここ数日森の中で過ごしたが、あまり遠方まで行っていないから知らないのだ。まず周辺の地理や生息モンスターを徹底的に把握し、確実に自分が生存&効率的に経験値を取得していける道を選んだからだ。

だが、ミラたちは俺が知らないエリアの情報もある程度知っているらしい。それだけでも、共闘は大いにメリットがあるな。

「おおおんっ」

俺は短く吠えた。共闘しても構わない、という意思表示のつもりだった。言葉が話せない以上、どこまで伝わるかは分からないが――。

「あ、ドラゴンさんも賛成してくれてるみたいですよ！」

ミラがぱっと顔を輝かせた。やはりこの子は俺の味方になってくれているようだ。

「そう？　ただ吠えただけじゃん」

と、アビー。

「むしろ威嚇したのかもしれねーし」

これはコレット。やっぱり二人には通じてないのか！

「いいえ、これは賛成の意思表示です。あたしには分かります！」

ミラが力説した。

どうやら彼女はとことん俺の味方らしい。ありがたい。

頼む、頑張って説得してくれ！

「あたし、動物の言葉を読み取ったりするの、昔から得意でしたから」

ミラが胸を張る。この子、外見に似合わず意外と変わったところがあるな……。

「……本当にあたしたちの仲間になんの？」

コレットが俺をジロリと睨んだ。眼鏡の奥の眼光は、疑念に満ちている。

俺はコクコクと頷いてみせた。一応命が懸かってるからこっちも必死だ。

「あ、頷いた！　本当に私たちの言葉が分かってるのかな」

「でしょ、でしょ？」

叫ぶアビーに、我が意を得たりとばかりに告げるミラ。心なしか嬉しそうだ。

「うーん……」

コレットだけはまだ疑わしそうだ。僧侶としての直感が働いているに違いない。

「……まあ、しょうがねーか。どのみち三人だけで森を出るのは厳しそうだし」

しばらくじっと俺を注視してから、コレットは仕方なくといった様子で納得してくれた。

よし、とりあえずは共闘決定だ。ありがとうミラ。

「では、森の脱出作戦を練りましょう――」

ミラが言った。

なあ、そもそも俺には翼があるんだから、飛んでいけないかな？

俺は根本的な疑問を抱いた。

高レベルのモンスターがいる地帯なんかも避けて行けそうだけど。

『いくら空戦型とはいえ、あなたはまだ小竜だからね。三人を抱えて長時間飛ぶのは無理よ』

と、ナビが助言してくれる。

『それに飛んでいるところを狙ってくるモンスターもいるかもしれないし。空戦能力が低いうちは、あまり軽々しく飛ばない方がいいわよ』

そうか、さっきは逃げるので精いっぱいだったし、意識する相手は一体で良かったけど、移動となると他の無数のモンスターにも気を付けなきゃいけないのか。

なんでもかんでも飛べばいい、ってわけでもないんだな。

『いずれ、もっと強力な空戦能力を得るスキル――【大飛行】や【音速の翼】辺りが手に入れば、また別だけどね。今はまず自分を成長させることを優先した方がいいと思う』

忠告、ありがたく従おう。多分、ミラたち三人もその辺を分かった上で、徒歩での移動を考えているんだろうな。

「この森は大きく分けて三つのエリアがあります」

ミラが説明を始めた。

きっとアビー、コレットにとっては周知の事実なんだろう。つまり、これは俺に対する説明だ。

完全に俺が人間並みの知能を持っていることを前提に扱ってくれるらしい。

「わざわざドラゴンに説明すんの？」

「まあ、私たちの言葉をある程度は理解してるっぽいし、いいんじゃない」

ツッコむコレットにアビーが言った。アビーはかなり俺のことを受け入れてくれたらしい。

「ですね。じゃあ、説明しますね、ドラゴンさん」

ミラが俺ににっこり微笑んだ。転生してからこっち、殺伐とした生活を送っていたから、人間の優しさには心が癒される。

「まず、あたしたちが現在いるエリア。ここには雑多なモンスターが生息しています。そのほとんどがレアリティ1から3までの下級モンスター。たまに4が、ごくまれに5がいる程度だと推測されます」

モンスターとレアリティってそういう区分けになっているのか。

いや、ミラが知っているなら、なんで俺は知らないんだ？　同じ騎士なのに――。

『転生した影響で、記憶にある程度の影響があるんじゃないかな。多分記憶の欠損が生じてるんじゃない？』

なるほど。じゃあ、俺は生前なら常識レベルで知っていたことでも、今は知らないってこともあり得るのか。

少しだけ自分のことが信用できなくなりそうだ。

『まあ、別の生物に変わったんだからね。何かしらの影響はあるわよ。精神にも、ね』

精神への影響……か。たとえば騎士だった頃は取らなかった行動も取る可能性がある。逆もまた然《しか》り、だ。

「このエリア、仮に第1エリアと呼びますが……森の七割以上はこの第1エリアです」

　ミラが説明を続ける。

「二つ目がレクル大河に面したエリアです。第2エリアと呼びましょうか。この一帯にはレアリティ5クラスの水棲モンスターが一定数いるようです。その影響で下級モンスターはほとんど近づきません。食べられちゃいますからね」

　第2エリアにはあまり近づきたくないな。もし知らずに近づいていたら危ないところだった。

「ただ、第2エリアは脱出ルートからは少し外れているので、道に迷いでもしないかぎり、近づくことはないでしょう。そして――肝心の第3エリアですが」

　ミラの表情が険しくなった。第3エリアには何があるんだ？

「ここには森の主のような強力なモンスターがいるはずです。魔導王のモンスター軍団の中でも、側近クラスの強力なものが」

　側近クラス――。俺の脳裏に、さっきのドライアドの言葉が蘇る。

「あたしたちもその全貌は掴んでいません。ただ、さっきのドライアドの言葉から察するに『神樹伯爵』という名前なのでしょう」

「モンスターのくせに『伯爵』とは大層ね」

　ミラの言葉にアビーが苦笑した。それは俺も思っていたことだ。

「魔導王は配下のモンスターのうち、側近クラスにはそういった大仰《おおぎょう》な名前を付けるようですね。他にもグレイテストゴーレムの『機甲巨人《きこうきょじん》』やエルダースカイドラゴンの『天翼覇竜《てんよくはりゅう》』などの称号を授けていますし」

「センス最悪だな」

コレットが顔をしかめる。それは、俺も思っていたことだ。全体的に魔導王のセンスを疑う称号ばかりだし、そんなものを誇らしげに名乗れる精神はわからない。

「で、話を戻しますが……森を抜けるためには、その『神樹伯爵』の支配領域を抜ける必要があります。森に入ってくる時は人数がいたので、なんとか『門番』を突破できたのですが、今の人数で行けるかどうか……」

門番？　俺の声なき疑問に答えるようにミラは続けた。

「第3エリアには要所要所に見張りのモンスターが配置されています。それを倒さない限り、先へは進めないようになってるんです」

つまり、その『門番』を倒せば、森の外に出られるということか。

俺自身は森の中にいて経験値稼ぎに勤しんでもいいが、ミラたちはそうはいかない。それに、さっきドライアドを倒したことで『神樹伯爵』の配下のモンスターに目を付けられた可能性も十分ある。

今後狙われるかもしれない、と考えると、俺もいったん森を離れた方が安全かもしれないな。

森を出た後、また別の生息地を求めて旅でもするか……。

「あたしたち三人だけでは厳しいですが、ドラゴンさんが連携してくれれば十分に勝てるはずです。一緒に行きましょう！」

ミラが手を差し伸べる。

俺は握手の代わりに前足を出して、ちょんとその手に乗せた。

……まるで犬の『お手』みたいだな。


俺たちは三人と一匹で森を進んでいく。

そういえば、さっきドライアドを倒した時の経験値はどうなるんだ？

疑問に思って、ナビに尋ねた。

直接倒したのはアビーの火炎魔法だし、俺には経験値はもらえないんだろうか？

『複数人で敵を倒した場合、基本的に経験値は「戦闘貢献度」に応じて手に入るの。一部とはいえ、ドライアドはなかなか強力なモンスターだったからね。どれくらいステータスが変わったか見てみる？』

……というか、俺は今の姿に進化してから自分のステータスを確認してなかった気がするな。どれだけの力か見ておかないと今後にも差し支えるな。

『あはは、進化してすぐに戦闘に巻きこまれたものね。じゃあ、とりあえず現在のステータスを出すわよ』


～～～～～～～～～～～～～～～～～～～～～～～～～～～～～

称号：暗黒竜王　種族：リトルダークドラゴンⅡ（空戦型）　形態：ドラゴンタイプ
ＬＶ：３　ＨＰ：94　ＭＰ：１１５　攻撃力：１０５　防御力：84　素早さ：１０９　★：７

○所持スキル
【鑑定（竜王級）】ＬＶ１　【滅びの光芒】ＬＶ２　【災いの波動】ＬＶ１　【爪撃】ＬＶ２
【竜尾】ＬＶ２　【飛行】ＬＶ１
～～～～～～～～～～～～～～～～～～～～～～～～～～～～～～～～～～

進化の直前にレベルアップした際の最終的な数値も確認していなかったけど、おそらくレベルは下がっているはずだ。

だが、ステータス数値は着実に上がっていると分かる。【爪撃】のレベルも上がっているし、最初の頃とは比べ物にならない強化だ。

今ならあの時勝ち目のなかったモンスターにも、いい戦いができるだろう。

やがて、二時間ほどの行軍の後――。

「……いました」

ミラが声を潜める。その言葉に、アビー、コレットが茂みに隠れるように身をかがめた。俺も背中を丸め、身をかがめるような格好を取った。

おおよそ２００メートルほど前方に、異形《いぎょう》のシルエットが二つある。

どうやら、あいつらが門番のようだ。

※

そこには廃墟が広がっていた。かつてエレノア王国の王都があった場所は、魔導王の侵攻で焦土と化している。

崩壊した王城であった場所に、人影が佇んでいた。

それは厳密には人とは呼べない。紫色の炎がいびつな人の形を取ったような姿――。

その者の名は魔導王。あまたの強力な魔の物を統べる、世界最強の魔法使いである。

そして、その周囲には魔導王の側近ともいうべきモンスターたちが控えていた。

「ラシェル王国の森林地帯に妙な気配がある」

魔導王が眉をひそめた。

『ん、妙な気配って～？』

尋ねたのは側近の一体、『聖蛇姫《せいじゃき》』。外見は十代前半くらいの可憐《かれん》な少女だ。ただし、その髪は無数の蛇である。

彼女は、石化魔女《メデューサ》の眷属なのだ。

『敵ですか、王よ。ならばこの俺にお命じを。ただちに殲滅してみせましょう』

雄々《おお》しく告げたのは、身長１００メートルを超す巨人。軍団でも随一の巨体とパワーを誇るグレイテストゴーレム――『機甲巨人』だ。

「今はまだ小さな力……だがいずれ強大に育つかもしれぬ【闇】を感じるのだ」

重々しく魔導王が告げる。

『【闇】……ですかぁ？　それって、もしかして～？』

『聖蛇姫』が可愛らしく首を傾げる。だが、その瞳は好戦的な光に満ちている。

『王がエレノアで狙っていた「暗黒竜王」に関係がある、と？』

上空から声がした。そこには巨大な竜が悠々と飛んでいる。軍団で最強の空戦能力を誇るエルダースカイドラゴンの『天翼覇竜』だ。

「あの森は『神樹伯爵』の管轄《かんかつ》だ。奴に探らせる」

魔導王は精神を集中した。

「聞こえるか、『伯爵』」

『これは魔導王様。御機嫌麗しく』

脳内に声が響いた。

ここから数百キロも離れた森林にいる『神樹伯爵』と魔導通信を行っているのだ。

「その森に【闇】の気配を持つ者がいる。余が探している『暗黒竜王』に関係する者かもしれぬ」

『ほう。それは……』

「探せ。もしも『暗黒竜王』につながる何かを持っている者なら、余の前に連れてまいれ」

神も魔王も超える伝説の最強存在――『竜王』。

神話の果てに封じられたその存在に迫ることこそ、魔導王にとって最大の目的だった。

いや、正確には――その目的に達するための道筋だ。

「余は未来永劫《えいごう》、あらゆる世界に君臨する真に最強の存在となろう。必ずその力を手に入れてみせる――」

※

『神樹伯爵』による支配領域――森林内、第３エリア。

その要所要所には『伯爵』の手下モンスターが配置され、森からの脱出を阻んでいるという。あいつらがその門番か。

俺は前方に目を凝らした。

二体は、昆虫型のモンスターだった。

一体はカブトムシ、もう一体はクモに似ている。体長はいずれも３メートルほどだ。

ナビ、あいつらのステータスを見せてくれ。

『りょーかい。二体分を出すわよ。まずカブトムシ型から――』

〜〜〜〜〜〜〜〜〜〜〜〜〜〜〜〜〜〜〜〜〜〜〜〜〜〜〜〜
称号：森の番人　種族：サンダービートル　形態：昆虫タイプ
ＬＶ：11　ＨＰ：１０５　ＭＰ：54　攻撃力：１３４　防御力：１３１　素早さ：89　★：４

○所持スキル
【雷撃の角】ＬＶ５　【防御上昇】ＬＶ４　【対魔法甲殻《こうかく》】ＬＶ６
～～

『次にクモ型よ』

～～
称号：森の番人　種族：デッドリースパイダー　形態：昆虫タイプ
ＬＶ：９　ＨＰ：68　ＭＰ：１４３　攻撃力：55　防御力：32　素早さ：１７０　★：４
○所持スキル
【捕獲の糸】ＬＶ８　【対魔法の糸】ＬＶ５　【毒液】ＬＶ４　【爪撃】ＬＶ４
～～

どちらもそこその能力だ。
見た感じ、ビートルは雷撃能力を備えているみたいだな。スパイダーはクモらしく糸を使う上に毒液持ちか。しかも、二体とも魔法防御っぽいスキルまで持っている。
ミラたちにもこの情報を知らせれば、有利に戦えそうだが……。

そうだ、地面に文字を書いて伝えるか。俺はふと思いついて、爪を地面に突き立て――。

あれ？　おかしいな……なんだこれ、全然文字が書けない。……駄目だ。そもそも文字が、思い出せない。

くそっ、記憶が欠損してるのか⁉　言葉は分かるのに、文字が思い出せないとは……。

……いや、そんな妙な記憶欠損なんてあるのか？　ありうるのか？　疑念が生じるが、実際に文字を思い出せない以上、仕方がない。今は疑念の解消より、まず門番対策が大事だ。

ナビ、俺のドラゴンブレスはもうどちらも発射可能なんだよな？

『ええ、【滅びの光芒】は「全開版」を撃ってから一時間以上経過しているから、また撃てるわよ。ただし、また「全開版」を撃つと一時間のクールタイムが発生するから気を付けて』

分かった、じゃあ【災いの波動】はどうだ？　あれもクールタイムとかがあるのか？　あと、【滅びの光芒】みたいに『全開版』と『通常版』みたいな使い分けもできるのか？

『【災いの波動】に関しては【滅びの光芒】みたいに「通常版」「全開版」という区分はないわ。一種のみね。一度撃つと、十分のクールタイムが発生するから気を付けて』

つまり、ビートルかスパイダーのどっちかに撃ったら、次弾まで十分待たなきゃいけないんだな。

――などと俺とナビが相談している間に、

「見た目は……大きなカブトムシとクモですね」

「どうする？　遠距離から私が魔法で薙《な》ぎ払おうか？」

「仲間を呼ばれると厄介だね。それに相手も魔法能力を持ってるかもしれねーし」

「とはいえ――接近戦は強そうだから、なるべく離れて戦うのが得策かな」

ミラたちも戦法を相談していた。当然だが、言葉が交わせるだけあって複雑な作戦が展開可能なのだろう。

遠距離からの先制攻撃、か。なら、まずは俺が【滅びの光芒】で仕掛けてみるか――。

と、その時、いきなり二体がこちらを向いた。

「きゃあっ……!?」

アビーとコレットが同時に悲鳴を上げた。次の瞬間、彼女たちが数メートルも跳び上がる。

いや、違う！　二人の両手両足に、いつの間にか粘《ねば》ついた糸が絡みついている。それが彼女たちを引っ張り上げているのだ。

スパイダーのスキル【捕獲の糸】か!?　既にこの距離で仕掛けられていたのか！

アビーとコレットはクモの糸に足首を絡め取られ、地上5メートルほどの高さで逆さ吊《づ》りにされてしまった。

「くっ、このぉっ……！」

「一体、いつの間に……くうう」

もがく二人だが、糸は何重にも巻きついていて容易に剥がれないようだ。

剣などが効かないなら、手っ取り早くブレスで消し飛ばすか。

『通常版』の【滅びの光芒】ならクールタイムを気にせず、連発できる。二人に絡みついている糸を焼き切ってやる！

だが、そう思った矢先、ビートルが突進を敢行してきた。

速いっ……！　六本の足を高速で動かし、一瞬にして間合いを詰めてくる。槍のごとき角をこちらに向かって突き出してくるが――、

「くっ！」

ミラが剣でそれを受け止めた。ところが、ミラの体重では抑えきれないようで、じりじりと押されていく。

「攻撃が、重い……っ」

今、助けるぞ！

俺は横合いから爪を繰り出した。

スキル【爪撃】。成長した今ならバレットロックの硬い体すら粉砕してしまえる一撃。騎士だった頃を思い出し、剣技の要領で爪を繰り出す。

受け止めたビートルが大きくよろめいた。さすがに二人掛かりなら、こちらの方がパワーは上のようだ。

六本の節足で地面を蹴りつつ後退するビートル。

やはり、速い。さすがのステータスと六本足のアドバンテージがある。

――しゃあああああっ！

いななきと共に、後方で待機していたスパイダーが新たな糸を吐き出した。今度は俺とミラを狙っている。

スキル【捕獲の糸】。俺たちを捕らえるか、あるいは動きを鈍らせるつもりか。【滅びの光芒】の通常弾で迎撃したいが、あれを放つには『溜め』が必要だ。

かといって【爪撃】や【竜尾】では絡みつくばかりで、切ったりちぎったりは難しそうだ。

どうする——!?

俺は瞬時に判断し、翼を羽ばたかせた。

ミラ、乗れ!

目線で合図を送る。

「分かりました、ドラゴンさん!」

アイコンタクトが通じたのか、ミラが俺にしがみついた。翼の羽ばたきを利用したジャンプで、大きく飛び上がり、糸を避ける俺たち。

空中でホバリングしつつ、ブレスを撃つための『溜め』時間を稼ぐ。

そして、【滅びの光芒】の『通常弾』を放った。

青白い光線が一直線に伸びる。その先にいるのはビートルだ。

ただ、相手もさすがに速い。

例によって六本の節足を活かした高速移動で、あっさりとブレスを避ける。

——だが、問題ない。

俺の狙いはビートルじゃない。

そのそばにある、アビーとコレットを拘束する糸の根本部分だ。

――ばぢぃっ……！

ブレスが直撃し、弾けるような音を立てて糸が焼き切れた。アビーとコレットが解放され、地面に落下する。

「いたたた……」

「ありがとうドラゴン」

どうにか受け身を取ったらしく、顔をしかめつつも二人は起き上がった。縛られていただけで、ダメージもないらしい。

よし、これでこっちは元の陣形に戻ったぞ。反撃開始だ。

俺は二体を見据える。

さっきナビに見せてもらったビートルとスパイダーのステータスを思い返した。確かどっちも魔法防御持ちだったな。ミラの剣はかわされてしまうからアビーの魔法に頼りたいところだが、あれを使うか……。

魔法防御を引き剥がせる【災いの波動】。だが、一度撃つと、次は十分間撃てないのが問題だ。

これだけスピーディな戦況だと十分のクールタイムは長い。もし外せば、その間ずっと逃げ回らなければならない状況を招くかもしれない。

どちらにブレスを使うべきか。あまり広範囲に広がらないブレスだが、なんとか二体を巻きこむような形で撃てないものか。

『駄目よ。【災いの波動】の対象はあくまでも一体きり。どちらかに当たった時点で効果が発動してクールタイムに入っちゃうわ』

なるほど、そんな旨い話はなかったか。一体にしか使えないのなら、やっぱりブレスを使う対象を選ばないとな。

どちらに使うのかよく考える。

奴らの連携パターンは大雑把に言えば、ビートルが攻撃担当で、スパイダーがそのサポート、といったところだろう。

まずスパイダーの糸で敵を捕獲、あるいは牽制。その隙を突いて、強力な近接攻撃を持つビートルが距離を詰め、敵を仕留める。

ならば、俺がブレスを使うべき相手はスパイダーだ。奴をまず仕留めてしまえば、後はビートルの相手に専念できる。特殊な攻撃を持たないビートルであれば、十分間のクールタイムをしのぐことも不可能ではないかもしれない。

問題はスパイダーを仕留める間にビートルの攻撃を持ちこたえられるかどうかだ。

「あたしがやります」

まるで俺の考えを読んだかのように、ミラが前に出た。

「あなたには考えがあるのでしょう？　きっと、今も――敵の連携を崩すために、どちらを狙うべきかを見定めている」

俺の意思は、言葉にせずともきちんと伝わっている。ミラのおかげでこの土壇場《どたんば》で、俺たちも連携することができる。

誰かに背中を預けられる安心感。モンスターになった俺にはありがたいものだった。

「あたしがビートルを引きつけます。その間にスパイダーをお任せします。アビーとコレットも、ドラゴンさんに合わせて攻撃や補助をお願いします」

「い、いや、でもドラゴンが同じ狙いかどうかは……」

「大丈夫。目を見れば、なんとなく分かりますから」

戸惑うアビーに、ミラがにっこり笑った。

「でしょう、ドラゴンさん？」

俺はコクリと頷く。まさに以心伝心だ。

なぜ、ここまで俺の考えを読み当てられるのか。相性というやつなんだろうか。

なんにせよ、この局面ではありがたい限りだった。

俺は尾で地面を叩いた。

例によって、その回数で攻撃タイミングを知らせるエレノア騎士団の合図だ。

ミラにはきちんと伝わったらしく、その動きに合わせてアビーとコレットも同時に動き出す。

目測でビートルが10メートルほど前方に、さらにそこから30メートルほど後ろにスパイダーが控えている。

この位置からブレスを撃つとスパイダーの前にビートルに当たってしまう恐れがある。

俺は翼をはばたかせて飛んだ。

スキル【飛行】だ。一息でスパイダーを狙撃しやすい位置まで上昇する。スパイダーは糸を吐こうとするも、アビーたちへの対処もあって狙いが付けられないでいる。

ブレスを溜めようとした瞬間――、

――きゅいいいいいんっ！

ビートルが同じように羽を広げて飛び上がった。

俺を迎撃しようと、いきなり空中戦を挑んできたか！　しかもその角がまばゆい雷光を放っている。もしかしてあれは、奴の攻撃スキル【雷撃の角】か⁉　今まで使ってこなかったスキルだが、ステータスからその威力を察することができる。

雷をまとった角が俺に向かって突き出される――が、それをアビーが妨害した。

「【ウィンドショット】！」

アビーの放った風魔法がビートルに命中する。ビートルが空中で大きくよろめく。

絶妙の援護だ、アビー！

俺は内心で礼を言いつつ、空中で位置を調節し――、

――ごうっ！

スパイダーに向かって【災いの波動】を放つ。狙い過たず、俺のブレスがスパイダーを直撃した。

ブレスが消えると同時に、スパイダーが動きを止める。これで奴の魔法防御が、解除されたはずだ。

今だ、アビー、コレット！

鳴き声で合図を送る俺。意図を読み取ったかのように、二人がそれぞれ杖と錫杖を構えた。

「【ウィンドカッター】！」

「【ホーリィカッター】！」

アビーが風の刃を、コレットが光の刃を、それぞれ放つ。

俺のブレスの効果で魔法防御を一時的に失っているスパイダーにそれを防ぐ術はない。

八本の足が、同時に切断された。

終わりだ！

そこへ俺がとどめのドラゴンブレス──【滅びの光芒】を放つ。青白い光線によってスパイダーは焼き尽くされ、爆散した。


スパイダーを撃破したところで、この戦いはおおむね決着が付いたといって良かった。

残ったビートルはもはやスパイダーの援護を得られない。動きが素早いだけで、囲んでしまえば問題ない。

【雷撃の角】という厄介な攻撃スキルを持っているものの、それさえ警戒していれば特殊な攻撃はないに等しく、俺が魔法防御を無効化した後は、アビーやコレットが魔法で援護し、俺とミラの接近戦で問題なく仕留めることができた。

こうして、門番たちは無事に倒された。

そして──俺には経験値が一気に入った。

～～～～～～～～～～～～～～～～～～～～～～～～～～～～～～～～
称号：暗黒竜王　種族：リトルダークドラゴンⅡ（空戦型）　形態：ドラゴンタイプ
LV：7　HP：126　MP：151　攻撃力：141　防御力：112　素早さ：149
★：7

○所持スキル
【鑑定（竜王級）】LV1　【滅びの光芒】LV2　【災いの波動】LV1　【爪撃】LV3
【竜尾】LV2　【飛行】LV1
～～～～～～～～～～～～～～～～～～～～～～～～～～～～～～～～

レベル3から7へと一気に上昇した。ステータスも全て三桁を超え、なかなか立派なものになっている。

……ん？　【爪撃】のレベルが上がっているぞ。

スキルは使えば使うほどいいとは聞くが、ビートルと打ち合ったのが良かったんだろうか。これからも機会があれば、積極的に使っていくべきだろう。

「やりましたね、アビー、コレット、ドラゴンさんも！」

「なかなかいいパーティじゃない？　私たちって」

「確かに……まるで人間と一緒に戦っているみたいなコンビネーションだったな」

ミラがニッコリと笑い、アビーも嬉しそうにする。コレットだけは唸っているが、特に悪感情があるわけではないようだ。どちらかといえば、俺に対しての信頼が見える。

まあ、俺の意識は人間時と同じだからな。彼女の感覚は正しい。

「やっぱりドラゴンさんはあたしたちと意思疎通ができてるんですよ。仲間として頼もしいです」

ミラが俺の頭を撫でてくれた。

「ありがとね」

アビーが俺の頬の辺りに軽くキスをする。

ちょっとばかり照れてしまう。

「【闇】の紋章を持つモンスターに言うのもなんだけど……まあ、感謝してなくもなくもないかな」

コレットが一礼する。口調は素直じゃないが、当初抱いていたようなモンスターへの敵意みたいなものは見えない。

「では、行きましょうか。他の門番に察知されないうちに森の出口へ」

ミラの言葉に二人と俺が頷きを返した。

そうだ、門番を短時間で撃破できたことは大きい。素早く進めば、このまま何事もなく森を出られるかもしれない。

俺は改めてミラたち三人を見つめる。

成り行きから結成した臨時パーティの仲間たち。このまま、誰一人欠けることなく、なんとか森を脱出したいものだ。

そう、誰一人欠けることなく……。

その後の道中は順調だった。

時折、この辺りに生息するモンスターが現れるものの、俺とミラ、アビー、コレットの連携はそれらを難なく撃破していく。

さっきの門番クラスのモンスターは、やはりそうそういないんだろう。楽勝の連続である。

俺は【滅びの光芒】の『通常版』しか使っていない。

この先、別の門番がいるかもしれないし、クールタイムが発生する『全開版』や第二のドラゴンブレス【災いの波動】は温存である。

順調すぎて怖いくらいの道のりを辿《たど》っていた時だった――。


『――なるほど、お前か』


突然、声が響いた。

なんだ――!?

前方に、人型のシルエットが佇んでいる。

森の暗がりで姿がはっきり見えない。

だが――明らかに人間とは異なる気配を放っていた。こんなところに現れるくらいだ。当然、モンスターだろう。

本当に人間の形をしているのかすら怪しい。

ナビ、鑑定を。

『りょーかい……えっ!?』

ナビが戸惑ったような声を上げる。

『嘘、そんな……！　私の鑑定を妨害《ジャミング》してきた!?』

えっ……？

お、おいおい、それどういうことだよ？　お前の鑑定を防げるくらいのモンスターって、それはつまり……。

『あいつ、とんでもなく高レベルのモンスターよ――！』

なんだって!?

『見つけたぞ、【闇】の紋章を持つ者よ』

不気味な声がまた響く。

『人間どもはどうでもよい。大人しく我が養分となれ』

「な、なんです、こいつは――」

ミラたちが警戒したように身構える。

一難去ってまた一難というべきか。

いや、もしかしたら……。

嫌な予感が走り抜ける。さっきまでのは『一難』というレベルですらなく、こいつこそが脱出のための真の難関――？

次の瞬間、人型モンスターの全身から太いロープのような触手が飛び出した。

否、それは触手ではなかった。

あれは――枝か!?

「【プロテクション】！」

すかさず防御呪文を唱えるコレット。殺到する枝群が防御フィールドに弾き返される。

が、フィールドも無事では済まず、ビシッという音と共に無数の亀裂が走った。たったの一発でこうなってしまうなんて、どんな威力なんだ。

「威力が高すぎる……っ！」

「なら、フィールドを破られる前に、こっちから奴を倒すまでよ！」

アビーが杖を構え、詠唱する。

「【ディーブラスト】！」

中級の光弾魔法がモンスターに向かって放たれ、狙い過たず直撃する。

――ごうんっ！

閃光と共に大爆発が起こった。今のは防御する間もなく、有効なダメージになったはずだ。この隙に……！

『くっくっく、今、何かしたのか……？』

だが――そいつは平然と立っていた。

爆光に照らされ、姿がはっきり見える。枝がより合わさって人の形を成したようなモンスターだ。

そいつが名乗る。

『我は神樹伯爵』

っ……！

薄々とは感じ取っていたが、やはりこいつが――。

『偉大なる魔導王様に生み出された最強の魔物の一体である』

森の主ともいうべきモンスターが直々《じきじき》にお出ましか。

しかし、意外と小さいんだな。身長2メートル足らず、ガタイがいい人間の成人男性程度の大きさだ。あの程度なら、騎士団にいた頃にも何度も見てきたし相手をしてきた。

ただし――その全身から放たれる威圧感は、ただの人間とは桁違いだった。

こうして対峙しているだけで全身を押し潰されそうだ。さすがに、魔導王の側近というだけのことはある。

こいつを通して魔導王の存在を感じるだけで俺の中で激情が燃え上がった。

焼き払われる王都が。殺される人々が。潰された同僚の女騎士、カレンの姿が。散っていった戦友たちの悲鳴が。次々と脳裏に蘇る。

こいつを倒した先に――魔導王がいる。

闘志が、燃え上がる。

だが、勝てるんだろうか。今までのモンスターとは、間違いなく一線を画した力を持つこいつに。ステータスすら分からず、対策も立てられない。

俺の最大の攻撃であるブレスは効くのか？　爪は？　尾は？　果たして一矢でも報いることはできるのだろうか。

……いや、違う。

勝てるかどうか、じゃない。勝つんだ。

どのみち、簡単に逃がしてくれるような甘い相手じゃないだろう。森から脱出するためには、こいつを突破するしかない。

『そこのドラゴンは生かしておいてやる。残りの三人をまず掃討する』

伯爵の言葉と共に、再び枝の群れが殺到してくる。狙いは俺ではなく、言葉通り周囲の三人であるらしい。

「【スロウ】！」

コレットが僧侶魔法を唱える。相手のスピードを半減させる効果を持つ呪文だ。白い輝きが枝を包みこみ、そのスピードを半減させる。

――と思いきや、

『【リアクト】』

神樹伯爵が呟くと同時に、コレットの放った輝きが弾け散った。枝は速度を取り戻し、再び三人目掛けて襲い掛かる。

「効かない⁉　な、なぜ……ううっ……⁉」

次の瞬間、彼女の動きが鈍った。

これは、まさか――【スロウ】が枝ではなく、コレット自身に掛かっている⁉

さっき伯爵が唱えた呪文らしきものの効果か！

『まずサポート役から潰させてもらおうか。確実に――一人一人殺す』

伯爵が冷ややかに告げると、迫る枝の一本が【プロテクション】の防御フィールドを貫き、コレットの胸に突き刺さった。

「っ……か、は……！」

断続的な苦鳴《くめい》を漏らしながら、コレットは倒れ伏した。

「コレット！」

ミラが悲痛な声を上げる。アビーも呆然と立ち尽くしている。

コレットは槍と化した枝で胸元を貫かれている。即死は免れたようだが、重傷であることが見て取れる。

ミラは持ち直し、気丈に剣を構える。

「アビー、コレットの手当てをお願いします。あいつはあたしが引きつけますから！」

言うなり、ミラは飛び出した。

まさか、コレットの手当てをする時間を稼ぐためにオトリになるつもりか？　無茶だ！

俺は慌ててミラの後を追った。いくらなんでもたった一人で立ち向かうなんて無理に決まっている！

『ふん、自棄《やけ》になったのか？　捨て身の特攻などで我は倒せぬ』

伯爵が呟く。まったくその通りだ。ミラは何を考えてるんだ、と思いながら駆ける。

四方から、ミラに向かって枝槍が殺到した。

「【乱れ斬り】！」

ミラはすかさず対多数用の斬撃スキルを発動。迫りくる枝槍を片っ端から斬り飛ばしていく。その速度は伯爵の繰り出す攻撃を上回っているようだ。

『何っ、この剣技は――！』

驚いたような声を上げる伯爵。

俺も同じく驚いている。まさか、ミラの剣技が、ここまで鋭かったとは――。

スキルの効力は術者の意思力に依存する。意思が強まれば強まるほど、スキルの効果もまた強くなる。この絶体絶命の状況で――いや、だからこそなのか、ミラの意思はすさまじいまでに高まっているようだ。

前に見た【乱れ斬り】よりも桁違いに斬撃スピードが速く、威力も高い。

ミラの周囲の枝槍はすっかり払われ、前進しながら残りの枝も斬り飛ばしていく。

『まだ速くなるか……ふむ、これほどの腕を持っていたとは……』

伯爵が唸った。どうやら、あいつにとっても完全に予想を超えた力であったらしい。さっさと殺す予定が完全に狂ったようだ。

「はああああああああああああああああああっ！」

ミラはなおも枝群を斬り飛ばしつつ、本体へと近づいていく。

俺も【爪撃】を繰り出して彼女の援護をしながら、共に本体へと向かった。

援護の甲斐あって、その距離はぐんぐん近づいていく。

「まだよ……もっと速く……もっと！」

ミラは長剣を振り回しながら、さらに本体へと迫る。オトリどころか、このまま伯爵の元に辿り着き、倒してしまいそうな勢いだ。

「仲間は、あたしが守る！　もう二度と――魔導王の軍団には殺させない！」

叫ぶ彼女の表情は、鬼気迫るものだった。

二度と殺させない――。

それは今回の一連の戦いで失った仲間たちのことを言っているのか。それとも、もっと以前の戦いのことを含めているのか。

おそらくは後者だろう。

魔導王の軍団により、俺たちの国は――エレノア王国は全土を蹂躙された。多くの人が殺された。

一般市民も、騎士や魔法使いといった戦闘要員も。

そして今も、魔導王は侵略を重ねているようだ。

目の前にはそんな魔導王の側近がいる。

なら――ここで倒してやる。

俺はミラに触発され、改めて闘志をたぎらせた。

彼女と伯爵の本体の距離は10メートルほどにまで縮まっている。ここで虚を突ければ、一気に肉薄できる！

よし、このタイミングしかない！　俺は大きく口を開き、体内から湧き上がる力を口中に溜めていった。

食らえ、【滅びの光芒】！

さらに今回は貫通力の高い『全開版』である。とっておきの一撃は、群がる枝を次々に吹き飛ばした。ミラと本体の間を塞《ふさ》ぐ枝が全て綺麗《きれい》に消失する。

伯爵までの道が形成された。

枝の絡まりで作り上げられた顔が驚愕《きょうがく》に歪んだ。このまま攻めきれば――――！

『なんだと!?　この威力は――――』

伯爵が叫ぶ。

行け、ミラ！　今ならとどめを刺せる！

俺は心の中の熱を、咆哮に乗せてミラへ届けた。

「ありがとうございます、ドラゴンさん！」

ミラは頷き、地を蹴った。と、同時に――――、

「スキル発動――――【突進】！」

ミラの全身が青い輝きに包まれる。あれは【突進】。文字通りに、突進するスピードを倍加させ

るスキルだ。

「スキル発動――【剛剣】！」

さらにスキル効果を込めて振り下ろした斬撃が、神樹伯爵の本体を頭から両断した。

両断された体が解《ほど》けるようにして消滅していく。後には、何も残らなかった。

勝った――！

段違いの強敵かと思っていたが、想像以上に呆気ない最期だった。あるいはミラの実力が、意思の力で魔導王の側近さえ超越するレベルだったのだろうか。

「ふうっ」

ミラは大きく息を吐き出し、こちらを振り返る。彼女は満足げな笑みを浮かべていた。

よくやったぞ、ミラ。お前の力があったからみんな助かったんだ。

俺は内心で彼女をねぎらった。

こういう時、人の言葉を話せたら手っ取り早くていいんだが……。まあ、ジェスチャーと鳴き声だけでも、ミラには俺の気持ちは伝わるだろう。

改めて、人語を習得する必要性を感じていた。

「えへへ、ドラゴンさんも援護ありがとうございました」

ミラが俺の頭を撫でてくれた。

ああ、癒されるな……。

俺はうっとりと目を細め、ミラの手にされるがまま任せていた。

さて、コレットを介抱して、さっさと森を脱出してしまおう。

ミラにその意思を伝えようとした、その時であった。


ミラが、いきなり――なんの前触れもなく吹き飛ばされた。

な、なんだ……!?


「が……は……っ……」

地面に叩きつけられ、ミラが呻く。どういうことだ!? 伯爵はさっき倒したはず……。まさか、新手か!?

だが、それは的外れな推測であった。

『なるほど。「端末」では勝てんか。思ったよりもやるな』

低い声と共に、周囲の樹木が震えた。いや樹木だけじゃない――森全体が、震えている!

同時にのしかかってくる、すさまじいプレッシャー。

全身に、寒気《さむけ》が走る。

先ほどまで伯爵を前にして感じていたプレッシャーもすさまじかったが、これはその比じゃない。

さっきのが『全身を押し潰されそうな』と形容されるなら、今のはさながら『魂まですり潰されそうな』ほどだ。

何かがいる。とてつもない力を持つ、何者かが――!

――ごばあっ！

次の瞬間、前方の地面が爆発するように吹き飛んだ。土塊を巻き上げ、その下から巨大な何かがせり上がってくる。

まず思ったことは、高い……そして、大きい。大きすぎるのだ。

それは、全長１００メートル以上はありそうな大樹だった。少し前に戦ったドライアドとよく似た姿だが、とにかくサイズが違いすぎる。

このタイミングで出てくるということは、こいつこそが――！

『我は神樹伯爵』

巨大樹木が告げた。

神樹伯爵だと？　じゃあ、さっきの人型はなんだったんだ⁉

俺の焦りを見透かしたように伯爵の声が降ってくる。

『先ほどお前たちが戦ったのは、我がいくつも有する「端末」に過ぎん。それなりの戦闘能力と、我のスキルの一部を付与しているが――しょせんは我をダウンスケールさせた分身体に過ぎん。あの程度が我の全力だと侮ってもらってはな』

くそ、こいつこそが、神樹伯爵の『真の本体』ということか……！

ナビ、それで合ってるか⁉

『そのようね。いくつか読み取れない情報はあるけど、とりあえず読み取れた限りで奴のステータスを表示するわ』

どうやら今度は妨害なしで読み取れたらしい。さっきの本体だと思われていたものが端末だったことも関係しているのだろうか。

〰〰〰〰〰〰〰〰〰〰〰〰〰〰〰〰〰〰〰〰〰〰〰〰〰〰〰〰〰〰

称号：神樹伯爵　種族：エクス・ドライアド　形態：樹木タイプ
LV：33　HP：1071　MP：640　攻撃力：1502　防御力：987　素早さ：71
★：6

○所持スキル
【鞭の枝】LV14　【槍の枝】LV21　【火炎無効】LV25　【防御上昇】LV31
【端末作成】LV13　【思念通信】LV10　【大地震】LV5

〰〰〰〰〰〰〰〰〰〰〰〰〰〰〰〰〰〰〰〰〰〰〰〰〰〰〰〰〰〰

「こ、こいつは……っ!?」

俺は驚愕の声が漏れるのをなんとか堪《こら》えた。いや、人間の時だったらあっさり悲鳴くらいは上げていたかもしれない。

それは、今までの連中とは、文字通り桁違いのレベル、ステータス数値、スキル群だった。

「くっ……わざわざ本体をさらすとは余裕ですね……」

　ミラが剣を支えに立ち上がった。その動作はぎこちなく、不意打ちで受けたダメージの大きさを窺わせる。

「本体を見せてくれたのは好都合……今度はあなたを叩き斬ってあげます……！」

　決して少なくないダメージにも、彼女の闘志は衰えていないようだ。

『勇ましいことだ。だが、不可能だな』

　山と見紛う巨体を揺すって笑う伯爵。

　見下ろしてくる顔も、ドライアドのそれより何倍も邪悪だ。

『スキルとは意思の強さ。そしてその強さは基本的には距離に比例する。つまり――本体が近くにいればいるほど、強さを増すわけだ』

　突然、伯爵はスキルについて解説を始めた。

　もちろん『親切心』から俺たちに丁寧に解説しているわけではないだろう。

　これは脅しだ。それはおそらく、これから行われる攻撃こそが――『神樹伯爵』の本来のスキルの強さを発揮したものだということ。これからの戦いは間違いなく、今までとは次元の違う苛烈さの攻撃にさらされることとなるはずだ。

　そして、それをこの近距離でまともに受ければ――死は免れられない。

『耐えられるものなら耐えてみるがいい。魔導王様の側近「神樹伯爵」の全力を』

　同時に、無数の枝が槍と化して放たれた。

　スキル【槍の枝】。情報的には先ほどの『端末』と同じスキルである。だが、その数がレベルを反映したものとなっている。数百――いや、優に数千を超える枝が四方から殺到する。さすがにミラ一人では、とても捌ききれないだろう。

いや、俺にだってこれほどの数は無理だ。スキルやブレスを駆使したとしても捌くことは不可能に違いない。

俺は怯みそうになるところをグッとこらえた。

いや、無理でもなんでもやるしかない。こいつを突破しない限り、森を抜けることはできないんだ。

……人間としての俺は、魔導王の軍団に為す術なく殺された。

本来なら、そこで『終わった』俺の命。だけど俺は、理由は分からないが、ドラゴンへと転生した。しかも『暗黒竜王』なんていう、いずれ最強に至るかもしれない『可能性』を得たんだ。

なら俺は、その可能性に賭けてみたい。

そのためにもまずは生き延びることが最優先。いくら強くなりたくとも、命を落とせば元も子もない。

そして相手が圧倒的な力を持っており、俺では絶対に敵わないと分かっていて、逃げ延びることすら許さない相手だとしたら……戦うしかないのだ。

戦って、活路を切り拓《ひら》くしか……！

はるか上にある伯爵の顔を見据えて、むき出しの敵意をぶつける。

『ほう。闘志は失っておらぬようだな。これだけの力の差があっても』

伯爵が感心したように唸った。こんなことで称賛を得ても何一つ嬉しくないな。

『大した精神力だ。【闇】の紋章の――「暗黒竜王」の依り代だけのことはある』

こいつ――⁉　俺が『暗黒竜王』だと知っているのか。

あるいは伯爵もステータスを見る能力があるんだろうか。そして俺の称号を見た可能性がある。

『我が主、魔導王様は絶対の力を求めておられる。神や魔王、巨人王すらもしのぐほどの力。この世の全ての頂《いただき》に立つ力だ』

それは分かる。最強に至れば、神すら超えるであろうことは知っている。そして魔導王は、この力を欲していたのか……。

そういえばレッサージャイアントの奴も、俺をさらって連れて行きたがっていた。

『エレノア王国が秘匿していた「暗黒竜王」の力――だが、かの王国に攻め入ったものの、力を得ることはできなかった。力の精髄《せいずい》は――既に持ち去られた後だった』

暗黒竜王の力の精髄……？

エレノア王国にそんなものが？　俺は騎士団でそれなりの地位にいたはずだが、そんな話は一度も聞いたことがなかった。宝物庫の警護をしていた時も、見た覚えがない。

「なんの――話ですか」

ミラも戸惑った表情だ。それにアビーやコレットも、困惑をあらわにしている。

「『暗黒竜王』の力……？」

「一体……何を言っているの……？」

『下っ端どもには知らされておらぬか』

伯爵が嘲笑する。

『まあ、お前たちが知っていようといまいと、どうでもいい。ともあれ――王は我らに命じられた。「暗黒竜王」の力を宿したものを探せ、と』

こいつの――いや、こいつらの狙いは俺。ミラたちは言うなればそれに巻きこまれただけの形になる。

『その【闇】の紋章が「暗黒竜王」のものなのか、あるいは他の高位の眷属のものかは分からん。だが連れて行く価値はある。ただし――』

杖が三人を囲む。それらが、俺以外の全員を狙っているのは間違いない。

『用があるのは小竜だけだ。他の人間どもは不要。ゆえに――排除する』

だが、アビーもコレットも闘士は萎えていなかった。

「簡単に排除なんてされてたまるか」

「あたしたちは負けない……！」

アビーが杖を、コレットが錫杖をそれぞれ構える。コレットの方はかなりの傷を負っていたが、応急処置だけはされており、なんとか立ち上がって呪文を使えるようだ。

一方の伯爵は動かない。圧倒的強者ゆえの余裕か。好きに攻めてこいと誘っているのかもしれない。

「【スペルブースト】！」

コレットが魔力増幅呪文を唱える。それを受けたアビーが杖を掲げ、

「燃やし尽くしてやる……【エクスファイア】！」

二人の連携による上級火炎魔法が伯爵を襲った。

通常のモンスターであればこの一撃で消し炭となるはずだ。たとえ伯爵とて、まともに受ければ多少のダメージは……。

ところが、生み出された火球を見て、

『この程度の火炎魔法ならたとえ百発受けたところで痛くない。だが……この神樹伯爵に歯向かった仕置きが必要だな』

伯爵がぞっとするほど冷たい声で、体を揺すりながら攻勢に転じようとする。

まずい逃げろ、アビー、コレット！

俺は叫んだ。

だけど、ドラゴンの口からはいななきのような声しか出せなかった。

『【リアクト】』

伯爵が、先ほどコレットの魔法を反射したスキルを発動する。たったそれだけで次の瞬間、あっさりと『エクスファイア』は進行方向を反転させた。

あいつ、上級の火炎魔法すら、あっさりと反射できるのか⁉

驚いて動けない俺たちに、反射された火球が襲い掛かり――、

「あっ……ぎゃぁぁぁぁぁぁぁぁぁっ……」

アビーの悲鳴が響き渡った。

俺は呆然と立ち尽くした。ミラも、コレットも、動けない。

周囲に漂う焦げ臭いにおい。これは、あの日の王都で散々嗅いだ、あのにおいだ。肉の焼けるにおい、死のにおい……。

ほんの数瞬の後、消し炭となったアビーの死体が、そこに転がっていた。

「アビー！　いやぁぁぁぁぁぁぁぁぁぁぁっ！」

「アビー……そんな……！」

ミラが悲痛な悲鳴を上げ、コレットが青ざめた顔で呻く。だが、アビーだったものは応えない。もうとうに事切れて、回復など望めなかった。

二人はアビーと仲が良さそうだった。おそらく、それなりに長い付き合いの友人だったのだろう。そこまでではなくとも、俺も呆然となっていた。

彼女と出会ってから、大した時間は経っていない。せいぜい一日未満の付き合いである。だがそれでも——彼女は仲間だった。この森を共に抜け、日常に戻るための。

こんなことは初めてじゃない。前世でも、いくらでもあった。唐突な仲間の死。一瞬にして日常から失われる存在。

もう戻ってこない、命——それは戦場の常だ。俺は騎士として務めるうち、何度もそんな別れを経験し、遺体すら残らなかった仲間を弔《とむら》ったことさえある。

理解してはいる。だけど、やっぱり慣れることはない。ミラやコレットの悲しみやショックを思うだけで、俺まで胸が痛くなる。

だが、敵は待ってはくれない。それも戦場の常なのだ。

『何を悲しんでいる？　理解に苦しむ連中だ』

嘲笑《あざわら》う神樹伯爵。俺たちを見下ろし、大きな体を揺する。

『我はゴミを焼却処分にしただけだが？』

……ゴミ、だと。

『なんだ、憤っているのか？　負の想念の――そして、【闇】の力の高まりを感じるぞ。やはり、魔導王様の推測は正しそうだな。【闇】の力は人間に宿り、顕現《けんげん》したのだ。お前は同じ人間だからこそ、さっきの女の死に悲しみや憤りを感じているのであろう？　ただの眷属であればそうはなるまい』

「――許さない！」

ミラが怒りの雄叫びと共に突進する。

「【アクセル】！」

体勢を立て直したコレットが僧侶魔法を唱えた。

直後、緑色の光がミラの全身を包み、そのスピードを倍加させる。対象の素早さをアップさせる補助呪文だ。

「アビーの仇《かたき》です！」

振り下ろしたミラの剣が、がぎぃ……っ、と軋《きし》むような音を立て、真っ二つに折れ飛んだ。

剣身の破片が回転し、地面に刺さる。

「えっ……!?」

驚いたように折れた剣を見つめるミラ。

俺には何も見えなかった。枝も何も動かしていなかったはずだが、どうやって騎士団御用達《ごようたし》の上質な剣を叩き折ったというのか。

『水圧よ』

ナビがそのからくりを見抜き、伝えてきた。

『奴は体内に蓄えた大量の水を操れるみたいね。高圧で噴出した水が透明な刃となり、彼女の剣を斬り飛ばした。人体に使えばたやすく両断もできるでしょうね』

スキル欄にそれらしい名前はなかったぞ。

『スキルじゃない。ただの「生態」なんでしょう』

生態……か。

『手間を取らせるな。そこのドラゴンだけは魔導王様の元に連行するが、お前たち二人は必要ない。さあ、大人しく死ね』

巨体が揺れる。また攻撃が来る。ブレスもない。剣も折られた。攻撃魔法の使い手は殺された。

俺たちに、立ち向かう術はない。

『さっきの女と同じく、ゴミのように――』

……こいつらは、いつもそうだ。

かつての王都での戦いでも、市民も騎士も分け隔《へだ》てなく殺された。まさしく、ゴミのように。

ふざけるな。俺たちは生きているんだ。

それぞれの人生を、日々を、精いっぱい生き抜いている。

お前たちに理不尽に踏み潰されるいわれはない。

絶対に。

絶対に――！


――るおおおおおおおおおおおおおおおおおんっ！


俺は、吠えた。

心の底から湧き上がる怒りのままに、吠えた。

全身が熱い。

なんだ、この感じは――？

体の奥から、何かが湧き上がるような感覚。

肉も、骨も、灼熱の中で溶けていくような――。

俺が、俺じゃない何かに生まれ変わるような――。

そんな感覚の中で、俺は吠え続けた。

『な、なんだと……!?』

神樹伯爵が不意に狼狽《うろた》えたような声を出す。

『【闇】の紋章が起動しかけている……？　まさか、「暗黒竜王」の力が、目覚める……！』

――そして。

『「暗黒竜王」起動条件の第一段階を満たしました』

『対象者ガルダ・バールハイトの【闇】のステータス底上げを開始します』

『今から百秒後にカウントを始めます』

『カウントダウンまでの間、限定的に「暗黒竜王」の「真の力」を20％程度引き出すことが可能です』

体を突き上げる感覚の中、ナビの無機質な声が響く。

こ、これは、一体――？　戸惑うばかりだった俺に、ナビが告げた。

『形態変化《モードチェンジ》、完了』

ナビの声に、俺は目を開けた。

前方に、黒い竜の姿が映し出される。まるで進化した時のようだ。

この像は例によって、俺の現在の姿を可視化したものだろう。

だが、その姿は俺が以前に進化先に選んだものとは違っていた。

無数の刃で構成されたような鋭角的なフォルム。漆黒の鱗は美しい光沢を放っている。牙はより鋭く、爪はより長く、翼はより大きく。

雄大でありながら、優美さを併せ持った一体の黒竜。

その瞳は燃えるような深紅だ。


――るおおんっ！！！！


俺は咆哮した。

周囲の大気が震え、爆《は》ぜる。

『馬鹿な、ただ吠えただけで空間が裂ける――』

神樹伯爵が叫んだ。

分かるぞ。今までとは戦闘能力が圧倒的に違うことが。体の中から、無限のような力が湧いてくる。

ナビ、今のステータスを表示してくれ。どれだけやれるかを知っておきたいんだ。

『鑑定中……拒絶……再実行……禁忌に抵触《ていしょく》……拒絶……』

ん、ナビ？　おい、ステータスだ。早く！

『再実行……管理者権限を不所持のため、拒絶……拒絶……拒絶……』

ナビ……？

急に命令を拒否したナビは、唐突にいつもの口調に戻った。

『駄目ね。私の現在のレベルでは、今のあなたのステータスを表示できないわ』

表示、できない……？

それ、どういうことだ？　敵のものじゃなく、俺のステータスなのに自分で見れないってのか。

『かなり強力なプロテクトが掛けられてるみたい。ただ、安心して。今までよりもはるかに強くなったことは確実だから』

ああ、それは分かる。今だって溢れてくる力を抑えられそうにない。

まるで、あの時幻視した暗黒竜王にも似た力だ。

『ただし……注意してね。これは不安定な力よ。いつ消えてなくなるかも分からない。あなたが、今のあなたでいられるうちに決着を』

分かった。なら、手探りでも、全力で戦って、速攻で決めてやろう。

『ご武運を――ガルダ』

それは、ナビが初めて俺の名を――人であった頃の名を呼んだ瞬間だった。


さあ、行くぞ。

俺は一歩踏み出す。

るおおんっ、という咆哮が自然と漏れた。その度に空間のあちこちが裂け、生まれた衝撃波が神樹伯爵の枝を切り裂き、散らしていく。

『お、おのれ、ただの吠え声だけで、我がダメージを受けるなど……ぐうううっ……』

たじろぐ伯爵。身を捩《よじ》らせ、もだえ苦しんでいる。

サイズの差は依然として大きく、伯爵の威容を見上げるのみだ。だが、奴の態度からは、既にさっきまでの圧倒的な威圧感も、強者感も消え失《う》せていた。

今や、完全に立場は逆転したのだと悟る。俺は確信した。今度は俺が、圧倒的な力で奴を蹂躙する番なのだ、と。

『……限定的に情報が開示されました』

ナビの声にハッとなる。

『突然、私の中に「暗黒竜王」の情報の一部が入ってきたの。ドラゴンブレスについてのみ、あなたに情報を伝えることが可能よ』

情報の一部か。それでも十分助かる。

ナビが示してくれたのは、四つの情報だった。

『現在使用できるドラゴンブレスは四種。既に習得している【滅びの光芒】や【災いの波動】の他にも――』

ナビがその内容を説明してくれる。それらはどれも、伯爵を倒すのに十分すぎる力を持ったものであった。

よし、せっかくだから順番に食らわせてやるか。倒すついでに、今後のためにもテストしておくとしよう。

そう、今後の――魔導王の軍団との戦いのために。

まずはこれだ！

【滅びの光芒】――‼

『があああっ⁉』

俺が口から放った青白い光線が螺旋状に突き進み、奴の枝を片っ端から吹き飛ばしていく。今の俺はクールタイムなしで、最初から『全開版』を連射できるようだ。しかも、奴の【防御上昇】など物ともしない。先ほどまでとは根本的な攻撃力が違いすぎるのだ。

目に付く枝をあらかた薙ぎ払うと、幹だけの状態になった神樹伯爵の姿が完全に露出する。

次は、こいつだ！

【災いの波動】――‼

俺の吐き出した紫色のブレスが、神樹伯爵の本体を包みこむ。

『我の防御が消えた⁉　馬鹿な……魔導王様によって極大まで強化された、我がスキルが――⁉』

こちらも範囲と効果が大幅に上がっている。もちろん連射も可能だ。これで奴は無防備同然、もう一度防御を再生させたとしても無駄だ。

さあ、次だ！

俺は勢いのまま、第三のブレス――【大罪の火炎《ギルティフレア》】を使う体勢に入った。

※

「な、なんですか、あれは――」

ミラは呆然と『仲間』のドラゴンの戦いぶりを見ていた。

突然、ドラゴンの姿が変わったと思いきや、神樹伯爵を圧倒し始めたのだ。

細い手足を持った小柄なドラゴンは、今や歩くだけでも戦場を荒らすほどの力を持った、巨大で攻撃的なフォルムへ変貌している。

「まさか、あれは伝説の『暗黒竜王』――」

コレットの呻き声に、ミラは彼女を見た。コレットは顔面蒼白で、ドラゴンを見上げていた。

「えっ？」

「あたしも教団の秘伝書を少し読んだことがあるくらい。創作か現実かも分からない、あやふやな情報だよ。だけど、あの圧倒的な力はもしかしたら――」

コレットが震える声で告げた。まるで現実味のない出来事を恐れるように。

「本物の『暗黒竜王』が出現したのかもね」

「……あのドラゴンさんが『暗黒竜王』だった、というのですか？」

コレットが以前、あの竜を鑑定して『暗黒竜王の眷属だ』と言ったことがあった。

だが、まさか『暗黒竜王』そのものだったとは――。

「千年前、世界を恐怖で覆い尽くした史上最強最悪のドラゴン――『暗黒竜王』。エレノア王国にて一人の勇者により討たれた、という伝承が残っているだけだけど……」

コレットが厳かな表情で呟く。

「このとんでもない戦闘能力を見ていると、あり得ない話じゃないかも……」

「ドラゴンさん……」

ミラは再び黒竜の戦いを注視する。

――るおおおおおおおおおおおおおおおおおおおおおおんっ！

雄叫びと共に、ドラゴンが口を開いた。

口中が深紅の輝きに満ちていく。最初のドラゴンブレスは青白い光で、次が紫。今度は赤――ということは、また別種のブレスだろうか。

と、ドラゴンの目がこちらを向いた。

どしん、と尾で何度か地面を叩いた。

「――！」

ミラはハッと気づく。

「コレット、防御魔法を！」

「えっ？」

「ドラゴンさんが『巻き添えを食わないように』と合図を送っています」

それはエレノア騎士団が使う合図である。大規模な攻撃を仕掛ける際、戦場に散った仲間に防御を促すものだ。

「分かった……【プロテクション】！」

コレットが唱えた僧侶呪文が防御フィールドを作り出し、二人を包みこんだ。

それを確認したのか、黒竜は再び神樹伯爵に向き直る。

伝説の、暗黒竜王。ミラはその後ろ姿をジッと見つめた。

※

よし、コレットが防御魔法を発動してくれた。合図を送った甲斐があったぞ。

これで神樹伯爵に全力のブレスを気にせず撃つことができる。

次のブレスは広範囲に攻撃をばらまくからな。俺の周囲10メートルほどは攻撃範囲を免れるけど、エネルギーの余波がある程度は押し寄せるはずだ。だからミラとコレットには事前に防御フィールド内に入ってもらうよう、合図を送ったのだった。

さあ、心おきなく行くぞ――。

【大罪の火炎】!!

放たれた深紅の火炎弾が四方八方へと飛び散った。こいつは【滅びの光芒】より威力が落ちるものの、比較にならない広範囲を焼き尽くす。しかも強力な火属性を備えた攻撃である。

辺りに展開された無数の枝――さっき【滅びの光芒】で薙ぎ払いきれなかった分だ――に次々と

深紅の火炎弾が命中した。

あっという間に燃え、炭化していく枝、枝、枝――。

さらに本体の幹にまで燃え広がっていく。事前に防御を剥がしておいたので、一切抵抗する手段がないようだ。

『ぐっ……ぎゃぁぁぁぁぁぁぁぁぁぁぁぁぁっ……！』

神樹伯爵が絶叫した。

むき出しの身に弱点の火炎を食らったのだから当然だろう。程なくして、ほぼ全ての枝が燃え尽きた。

後に残るは本体と、わずかな燃え残りの枝のみ。

『はあ、はあ、はあ……』

神樹伯爵は息も絶え絶えといった様子だった。

幹だけは違う防御方法があったのか、全て炭化してしまわずに燃え残っている。とはいえ、さっきの攻撃であちこちが焼け焦げ、今にも崩れそうだった。

かなり弱っている。なら、次で終わりだ。

俺は神樹伯爵に向かって口を開いた。

光の粒子が口内に収束していくのが分かる。

今の俺が使える四種のドラゴンブレスの中で最強の一撃。

第一のブレス【滅びの光芒】は対象を爆裂、もしくは貫通し、第二のブレス【災いの波動】は対象の特殊防御を無効化し、第三のブレス【大罪の火炎】は広範囲の対象を爆撃し――。

そして、第四のブレス【終末の極光《ラグナロクバースト》】は――食らった者全ての存在を抹消する。

つまり『消滅』の力を備えたドラゴンブレス。防御はできず、スキルなどで抵抗できなければただ消えるのみだ。

消えろ、伯爵――！

俺は口中に溜めた金色のブレスを吐き出した。

稲妻に似たそのブレスが伯爵の本体――長大な幹を直撃する。

『ぐががが……ああああああああああああああああああああ……っ！』

ブレスが命中した太い幹のあちこちが、すうっ、と薄れ、消えていく。

破壊ではなく『存在そのものを消し去っている』のだ。これが【終末の極光】の効果である。とうに瀕死《ひんし》の伯爵には、防御も回避も手立てがなかったのだろう。

『き、消える!?　我の体が消えるぅぅぅぅぅぅぅぅぅぅぅっ！　嫌だ嫌だ嫌だ嫌だ嫌だ嫌だ嫌だ嫌だ消えたくない消えたくない消えたくない死にたくないぃぃぃぃぃぃぃっっ！』

哀れなほど取り乱し、叫び続ける伯爵。先ほどまでの悠然とした態度などどこにもない。

『お願いです助けてください助けて助けて助けてぇぇぇぇぇぇぇぇっ！』

お前は――そうやって命乞いをした者を一体何人殺してきたんだ。

王都が壊滅した時のことを思い返す。

人々の悲鳴を、苦鳴を。カレンが踏み潰された姿を。命が、ゴミのように散らされていく地獄絵図を。そして――アビーを消し炭にしたことも。

今度はお前が消える番だ、神樹伯爵。

――ばぢっ、ばぢぃぃぃぃっ……！

俺の【終末の極光】はなおも伯爵の全身を消し飛ばしていく。あれだけ巨大な幹が、どんどんやせ細っていく。

『ま、待て、そうだ……提案がある！　我は、汝《なんじ》にとって有用な情報を知っている。それを教える代わりに助けてくれ！』

有用な情報？

ブレスは吐き続けながら、伯爵の言葉に耳を傾ける。

『おそらく……汝は己の力のことを詳しくは知らぬであろう？　だが我は知っている。魔導王様から直接聞いた情報がいくつもある。それを全て教える』

暗黒竜王の情報、か。

確かに、今の俺はステータスを表示することもできない。ナビにとっても未知の状態なのだ。

情報は少しでも欲しいところだ。

『な、なんなら、その後……我は汝の配下として働いてもよい。汝なら魔導王様――いや、魔導王をも打倒できるであろう。我の情報で、その力を使いこなすことができれば、な。そ、そうだ。魔導王陣営の情報も全て教えるぞ。側近連中の能力、特性から弱点まで、な。どうだ、我と組んだ方が――』

確かに魅力的な提案だ。この力を使いこなす手立てがタダで手に入り、戦局は俺たちに有利になるはずだ。

だが、一つだけ、教えておいてやる。

俺は神樹伯爵を見据えた。

ドラゴンの声帯では人の言葉を発することができない。

だが俺の瞳を見て、伯爵はその意図を悟ったはずだ。

俺はまっすぐに奴を見て、視線で告げた。

俺は、外道とは取り引きしない。ただ消し飛ばすだけだ……と。

『……ひいっ』

伯爵がかすれた悲鳴を上げた。

終わりだ、神樹伯爵——。

俺はさらにブレスの出力を上げる。

黄金の稲妻が巨大樹に絡みつき、やがてその姿を完全に消し去った——。


後には、何も残っていなかった。

俺が放った最強のドラゴンブレス【終末の極光】は神樹伯爵を完全に消し去った。

ブレスの攻撃範囲内は完全に消滅していた。伯爵の体はもちろん、森の木々も、地面すらも綺麗にえぐれてクレーターと化している。

どこかへ吹き飛んだのではない。完全に消滅した、その跡地だ。もはや復活することはあり得ないだろう。

戦いの余韻の中、淡々としたナビの声が響いた。

『エクス・ドライアド×1を撃破。経験値50300を取得。レベルが16に上がりました』

すさまじい経験値の取得とレベルアップの報告だ。

それにしても、一気にレベルが上がったな。今までで最大の上がり幅じゃないだろうか。さすが、魔導王の側近ともなれば秘めている経験値が異様に多いらしい。さらに、

『「進化の宝玉B」×1を取得しました。進化ポイントが100貯まりました。次の進化が可能になりました』

さらに、進化ポイントも貯まったらしい。次の進化が可能になった。

よし、これなら元の状態に戻っても、もう一段階強くなれる。

そう考えていると、ちょうどナビが告げてきた。

『カウント――0。「暗黒竜王」への形態変化を終了します』

どうやら、今の力を使える活動限界が来たらしい。この力をずっと使えれば、今後の戦いがかなり変わってくるんだが、元より限定的な力ということらしいから仕方ない。

それにしてもこれでたったの20%か。本当にすさまじかったな。

……ナビ？　なんか、元の姿に戻ってない気がするんだけど。

『えっ、嘘!?　戻らない……？　【闇】が収まらない。元のガルダの状態に戻せない……!?』

ナビ……？　おい、ちょっと待て、どういうことだ⁉

訝しんだ次の瞬間、

――ぐるるおおおおおおおおおおおおおおおおおおおおおんっ！

俺は吠えていた。自分で意図したわけじゃない。ほとんど無意識に……まるで、体が誰かの意思で勝手に動いたかのように咆哮を上げていた。

同時に、俺の全身から黒いオーラが爆発的な勢いで噴出する。

なんだこれ……おい、ナビ……！

『駄目……【闇】が、溢れる……』

おい、どうしたナビ……⁉　早く、元の姿に戻してくれ……！

『このままでは……力……暴走……神話の、再現……それだけは、避け……お願い……ガルダ……おねが……い……』

ナビの声がどんどんかすれ、やがて消えてしまった。

いや、異変はナビだけじゃない。目の前がかすむ。意識が薄れていく。

これが『【闇】に呑まれる』ってことなのか。

体が、バラバラになりそうだ。変わっていく。俺が、俺じゃない何者かに――。

俺は、どうなるんだ。

俺
　　俺
　　　　お

お　俺……………は。

おおおおおおお　　　　　　　俺　　　　お　　　　れ

お……れ………………は……………………………。

※

「すごい……とうとう神樹伯爵を倒してしまいました」

ミラは呆然と呟いた。隣のコレットも声が出ない様子だ。

姿を変えたドラゴンはあっという間に伯爵を圧倒し、跡形もなく消滅させてしまった。

伝承に残る、暗黒竜王の力……その力に、二人は圧倒されていた。

「アビー……あなたの仇をドラゴンさんが討ってくれましたよ」

ミラは涙ぐみながら、物言わぬ死体と化したアビーの隣に跪《ひざまず》いた。涙のしずくが落ち、焦げた死体に染み込む。

「――待って。様子が変」

と、コレットが警告した。ミラも慌ててドラゴンを見る。

「えっ……!?」

そこでは、黒竜が身もだえしていた。

何かに苦しんでいるような。あるいは今にも暴れ出しそうな――。

「ドラゴンさん……!?」

竜の全身から漆黒のオーラが立ち上る。

――ぐるるおおおおおおおおおおおおおおおおおおおおんっ！

吠えた竜が、闇雲にブレスを吐き出す。

「っ……!?【プロテクション】！」

コレットが慌てた様子で呪文を唱えた。防御フィールドが二人を包みこむ。

次の瞬間、すさまじい衝撃波が吹き荒れた。今しがたドラゴンが放ったブレスの余波である。

「ドラゴンさん、どうして――」

さっきまでとは、明らかに違う。神樹伯爵との戦いでは自分たちが巻き添えを食わないようにしてくれていた。

だが、今は――。

周囲の被害などお構いなしにドラゴンブレスを放ったのだ。

「禍々しい気配が一気に膨れ上がった……」

コレットの絶望的な声に合わせるように、ドラゴンがゆっくりと飛び上がった。身にまとう黒いオーラが膨れ上がり、空の彼方まで届くようだ。

「天を衝《つ》くほどの黒い邪気……まさか、『暗黒竜王』の『完全体』が復活した……!?」

そこにいたのは既に、彼女らを救った小竜などではなかった。

※

「すさまじい邪気だ……！　これが『神託』で示された『世界の敵』か」

アーバインは水晶球に映し出された映像を見て、驚嘆の声を上げた。

燃えるような赤い髪にオレンジ色の瞳をした少年だ。すらりと引き締まった体躯《たいく》は鍛えられ、力量の高さを窺わせる。

事実、彼は弱冠《じゃっかん》十五歳ながら、その剣技は既に大陸でも最強と謳われていた。

それもそのはず。このアーバインこそ、神より『勇者』の称号を授かった、地上で唯一の人間なのだ。

そのアーバインが、映像を見て呻くしかない。それほど圧倒的な力が振るわれる様子が、水晶を通じて映し出されていた。

「この竜は千年前、あなたのご先祖によって討たれた『暗黒竜王』に酷似したオーラを放っています」

脇に控える初老の僧侶が言った。

彼の名はエルク。大陸最大の光輝神《こうきしん》教団で大司祭を務める男である。

水晶球に映像を出しているのは、彼の神託受信魔法によるものだ。

他にも大陸で五指に入る騎士や、史上最年少で宮廷魔法使いとなった者など名だたるメンバーがここに揃っている。

それぞれの職業《クラス》で最強、最高と謳われる者たち。

人々は彼らを指してこう呼ぶ。

勇者パーティ、と。

「本当に伝説の『暗黒竜王』――あるいは、それに類する存在が復活したのであれば、討たねばなるまい。『神託』の通りに」

青年騎士ダリルが告げる。

「だね。勇者パーティとして」

同調したのは女魔法使いマルグリット。

「竜の居場所は？」

「ここから南東――ラシェルの大森林です」

アーバインの問いにエルクが答える。

「では、行こう。エルク、マルグリット、ダリル――みんな、俺に力を貸してくれ。世界を脅《おびや》かす悪を討つために」

『世界を脅かす悪を討つために』

仲間たちの声が唱和する。

数時間後、アーバインたち勇者パーティは竜討伐へと乗り出した。

※

俺は――。

混濁する意識の中で、俺は目を覚ました。

俺……は……どうなったんだ……？

全身が燃えるように熱い。目の前が、一面の炎に包まれている。

俺は……誰だ……？

分からない。記憶がぼんやりとしている。思考を整理できない。

俺……は……。

…………。

……。

「ドラゴンさん、目を覚まして！」

不意に、少女の声が響く。

なんだ、これは――。

誰だ、彼女は――。

俺……は。

この声を、知っている。そうだ、思い出してきた。確か、俺は……俺は。暴走、したんだ。そして、意識が消えかけた。

いや、一度は消えた。だけど、どうにか戻ってくることができた。

もっと強く思い出せ。もっと強く、心に刻め。
そう、俺の名は——。

第４章　新たな旅路

「ドラゴンさん、どうしちゃったんですか⁉」

　ミラは呆然と叫んだ。

　突然、小竜の姿が変化したかと思うと、圧倒的な力で神樹伯爵を撃破した――そこまではいい。

　だが、小竜――いや黒竜はなおも攻撃をやめず、周囲を破壊し始めたのだ。

　ドラゴンブレスを辺りに吐き散らしている。周囲の木々が炎に包まれていた。

　このままでは、自分たちは焼け死んでしまう――。

「【ライフシェルター】」

　コレットが僧侶呪文を唱えた。半透明の薄青色のドームが周囲を覆う。

「生命維持用の防御フィールドよ。攻撃に対しては弱いけど、毒や呪いといった有害なもの全般を遮断してくれる。もちろん、火事の煙もね。この中なら少なくとも数時間は呼吸ができるから、まずこの中で持ちこたえよう」

「わ、分かりました」

　答えつつ、ミラは再び黒竜を見た。

　黒竜は手当たり次第にドラゴンブレスを放ち、森を燃やしていた。

　先ほどまでは、あの竜のことを味方だと――仲間だと感じていた。

実際、連携してモンスターを退けたりもしたのだ。

だが今の黒竜は、そんな雰囲気ではなかった。

全てを破壊してやる、という強烈な意思が押し寄せてくる。

——ぐうおおおおおおおおおおおおおおあああああああっ！

突然、周りから雄叫《おたけ》びが響いた。

一つや二つではない、数十数百単位の雄叫びである。

次の瞬間、木々の向こうから無数のモンスターが殺到《さっとう》した。

ウッドゴブリンにスパイクウルフ、ビッグオーク、マッドゴーレム、バジリスクにサラマンダー
……多種多様なモンスターが向かってくる。黒竜に引き寄せられて来たのだろうか。あるいは、神樹伯爵の手勢かもしれない。

——るおおおおおおおおおおおおおんっ！

黒竜が黄金の稲妻に似たブレスを吐き出した。射線上にいたモンスターがことごとく消滅する。燃えていた木々も、まとめて消し飛ぶ。

「あれは——神樹伯爵を倒したドラゴンブレス!?」

そんなものを乱射されたら、巻き添えで自分たちも消し飛ばされかねない。ゾッとなったミラは、その場から逃げ出すかを考えた。

黒竜はなおも残ったモンスターたちを次々とブレスで消し飛ばしていく。

「やめて、ドラゴンさん！」

ミラは必死で叫んだ。

「お願い――」

自然と涙がこぼれた。

なぜだか、破壊本能のままに暴れ回る黒竜の姿が物悲しく見えた。

さっきまでの黒竜に戻ってほしい。その願いを一心に込めて叫ぶ。

「ドラゴンさん、目を覚まして！」

だが、黒竜はなおもブレスを放ち続け――、

――るおおお……ん……。

不意に、その動きを止めた。

こちらを振り返り、ミラを見つめる。

「ドラゴン……さん……？」

竜の瞳がわずかに揺れている――ように見えた。

直後、竜はミラたちを己の背後に隠すような体勢を取り、再びブレスを吐き始める。

竜の背に隠れ、ブレスの熱や衝撃波がほとんど来ない。これなら破壊の嵐の中でも、最小限の余波ですむだろう。

「まさか――」

ミラは驚いて黒竜を見上げる。

自分たちが巻き添えにならないように注意しながら、モンスターを掃討している……？

「見つけたぞ、暗黒竜王」

突然、前方で声がした。

木々の向こうから、剣士や魔法使いの一団が現れる。

先頭に立っているのは、燃えるような赤い髪にオレンジ色の瞳をした少年だ。

身に着けているのは純白の鎧。手にしているのは、同じく純白の剣身を備えた剣。

「勇者パーティ見参、ってね」

少年が勝ち気そうな笑みを浮かべた。

「さあ、竜退治の時間だ――」

「あなた方は……!?」

ミラが驚いて彼らを見つめる。

「大丈夫だったか、君たち」

少年がこちらに声を掛けた。

「あれは神話の時代から復活した伝説の悪竜だ。俺たちはそれを討ちに来た。『神託』の名の下に」

「『神託』って、ではあなたたちは――」

ミラはハッと息を呑んだ。彼らの存在に心当たりがある。それはおそらく、この世界に生きる者なら誰もが知り、希望を託す存在。

「俺の名はアーバイン。勇者と呼ばれることもある」

ニヤリと笑って、アーバインは剣を構えた。

「さて、と。見せてもらおうか、悪竜の力を」

手にした剣が、ボウッと輝く。好戦的な光を瞳に湛え、アーバインは言い放った。

「『世界の敵』の実力を――！」

「勇者よ、私たちがサポートします。いつも通りのフォーメーションで」

「俺もやるぞ」

「あたしも。任せてっ」

初老の僧侶、青年騎士、女魔法使いがそれぞれ言った。

この四人が噂に名高い世界最強の戦闘集団――『勇者パーティ』なのだ。生ける伝説ともいえる四人組を前に、ミラは呆然としていた。

伝説の暗黒竜王に、勇者パーティ。まるで、自分がおとぎ話の世界に迷いこんでしまったかのような非現実感だった。

「俺に力を貸せ、聖剣『ファルミューレ』！」

アーバインが純白の剣を掲げた。剣身からほとばしった輝きが、彼の周囲にまとわりつく。

――ごうっ！

直後、黒竜がブレスをアーバインに吐きかけた。

が、全てを消滅させるはずの黄金のブレスは、勇者の体に触れる前に弾け散る。

「ドラゴンさんのブレスが効かない――!?」

「俺の聖剣は所有者に『絶対加護』の力を授けてくれる。お前の攻撃は効かんぞ、悪竜！」

叫んで、突進するアーバイン。黒竜はなおもブレスを二度三度と放つが、いずれも勇者がまとう輝きに弾かれてしまう。

「無駄だ！　無駄無駄無駄ぁっ！」

吠えて、さらに加速するアーバイン。

ならば、とばかりに黒竜は紫色のブレスを吐き出した。

ドライアドや神樹伯爵との戦いで放った、特殊防御を無効化するブレス――。

「聖なる力よ、俺を守れ！」

「【スキルブースト】！」

「【ルーンジャミング】！」

聖剣がひときわ鮮烈な輝きを放ち、魔法使いと僧侶がそれぞれスキル効果増幅呪文と、敵の魔力攻撃を妨害する呪文を唱える。

まさしく、三位一体《さんみいったい》。

勇者の防御力はより上昇し、黒竜のブレスはその効果を減じられていく。

――ばぢぃぃぃぃぃっ……！

力と力がぶつかり合い、激しく爆ぜた。

アーバインが全身にまとった輝きは多少薄れたものの完全には剥がれない。

「まだ聖剣の防御は残っている。このまま行くぞ！」

勇者が地面を蹴って跳んだ。そのまま10メートル近くも跳躍する。

人間離れした身体能力だ。これも聖剣の加護なのだろうか。

「はあああああああああああああああっ！」

アーバインが聖剣を振り下ろす。その直前、

――るぐおおおおおおおおおおおおおおんっ！

黒竜が、吠えた。

全身からドス黒いオーラが噴き出す。その勢いは、さながら黒い炎だ。

「これは――!?」

そのオーラがアーバインの聖剣の光を掻き消した。

さらにオーラはモヤのようになって周囲に広がり、ミラの体にも絡みついてきた。

「な、何……!?」

視界が明滅する。意識がスーッと遠のいていく――。


「えっ……？」

気が付くと、ミラは平原の上に立っていた。

純白の草が地平線まで生えている。空は一面の黒。その他の色彩は一切なかった。

そこは白と黒の二色のみで構成された世界――。

「なっ？　えっ？　どこなんですか、ここ……？」

戸惑う。前方に誰かが立っていることに気づいた。シルエットからして、男女の二人組のようだ。

一人は、きらびやかな鎧をまとった青年騎士。

もう一人は、露出度の高い格好をした踊り子のような美女。

「お前……は……？」

騎士がこちらを振り返る。灰色の髪に青い瞳、精悍《せいかん》な顔立ち。細身だが引き締まった長身の青年だ。

「あなたは――」

知っている相手だ。話したことはないが、騎士団の任務で一緒になったことがあるし、何よりも彼の勇名は王国内に轟《とどろ》いていた。

ガルダ・バールハイト。

エレノア王国最強の騎士にして、『騎士の中の騎士』とまで称される男。

そして――それだけではない懐かしさがあった。

彼の瞳が、記憶にある別の者の瞳に重なる。

「まさか――」

震える声で呟く。

「ドラゴンさん……!?」

自身の言葉に心臓が高鳴る。そんなはずはない。だが、あまりにも雰囲気が似ている。

「あなたは……ドラゴンさん、なのですか……？」

呟いた直後、自分でも何を馬鹿なことを言ってるんだろう、と思い返す。

「す、すみません、あたしったら……ガルダ様になんてことを――」

青年――ガルダがミラを見つめる。

最強の二つ名とは裏腹に、その瞳に宿る光は柔和だ。

彼の人柄も知っている。決して驕《おご》らない人格者であることを。

「あたしはミラといいます。エレノア王国騎士団の一員です。ガルダ・バールハイト様、お目にかかれて光栄です」

ミラが一礼すると、ガルダは怪訝そうな顔をした。

覚えられていない可能性は高いが、一応聞いてしまう。

「実はあなた様と一度、任務で一緒になったことがあるのですが……覚えておいでででしょうか」

「ん、そういえば――」

ガルダが目をしばたかせた。

「そうか、カレンの妹か……」

と言った。やはり、近しい人物の近親者のことは覚えていてくれたのだ。

なんだか、ミラは嬉しくなった。

だが、続く言葉に目を見開いて驚くこととなる。

「ただ、名前はよく知っている。ドラゴン状態の時も、お前たちのことを見ていたからな」

ガルダが微笑んだ。

「っ……！」

ミラは息を呑んだ。

では、やはり――彼こそが、あの『ドラゴンさん』だったのか。

確信を得たミラは、胸の高鳴りを言葉に表せずにいた。

※

「俺……は……」

ぼんやりと薄れていた意識が徐々に覚醒していく。

俺は一体何をやっていたんだろう？　俺は一体どうなっていたんだろう？

俺は――。

思考を巡らせたところで、ハッと気づいた。自分の体を見下ろすと、そこには人間の腕や足が見えた。

「な、なんだ……!?」

ドラゴンの体じゃない。まさか、俺は人間に戻ったのか？

「少し違うわね」

声がした。ナビのものだ。

――いや、それも普段と違っている。

普段のナビは頭の中に声が響く。だけど、今のは――背後から『肉声』のように聞こえてきた。

まさか……!?

俺は驚いて振り返る。

そこに立っていたのは、一人の少女だった。褐色の肌に銀色の髪。露出の多い踊り子のような格好をしている。血の色をした瞳が俺を見つめていた。

「お前は……？」

尋ねながら、俺は半ばその答えを予感していた。

「やだなー、ナビだよ」

彼女が快活そうな笑みで、予想通りの答えを返す。

「正確には【竜王級鑑定スキル】の擬人化インターフェースなんだけど、今まで通りにナビって呼んでくれていいよ」

擬人化インター……？

相変わらず彼女の言葉の意味はよく分からなかったが、とりあえずいつも通りにナビと呼べばいいらしい。

そう言われれば、従うしかない。

「じゃあ、ナビ。どこなんだ、ここは？」

早速質問をぶつけてみる。

「えーと、ここはね……ガルダの心の中。『内なる境界』と呼ばれる世界だよ」

艶然《えんぜん》と微笑むナビ。いつも話している相手でも、こうして美女の姿で現れるとドキッとする。

元々少女らしい声でもあったけど、やはり姿が見えると印象が変わるな。

ただ、いつものナビには感じないものがこみ上げているのも確かだ。俺自身が、ドラゴンではなく人の姿になっていることも関係あるんだろうか？

いつもと、物事に対する感じ方が違う気がする。

「心の……中……？」

そんなドギマギを押し殺しつつ、尋ねる俺。

「精神世界ってやつだね。ただ、暗黒竜王があなたの意識にどんどん侵食してきてる。だから、私が結界を張ってそれを防いでいるの」

「侵食……？」

「完全に侵食された場合、ガルダの精神は暗黒竜王に呑み込まれちゃうからね。気を付けて」

ナビがサラッと恐ろしいことを言った。それからわずかに眉を寄せ、

「ん？　お客さんだね」

「何？」

ヴ……ン。

唸るような音と共に、俺たちの前に人影が出現する。まるで空間からにじみ出すように現れたその人に、俺は驚いた。

「えっ？　えっ？　どこなんですか、ここ……？」

現れた彼女は戸惑ったように俺とナビを見つめ、周囲を見回す。

紫色の髪を長く伸ばした美少女騎士だ。

「お前……は……？」

ミラ、か。

「あなたは――」

驚いたように目を開き、彼女が近づいてくる。

「まさか――ドラゴンさん……!?」

俺の前までやって来たミラは、呆然とした表情で呟いた。

人間の姿の俺を見て、なぜ分かったんだ？

「あなたは……ドラゴンさん、なのですか……？」

明らかに俺を見て、そう言っている。ドラゴンの俺が普通と違うことにも気づいたミラのことだ。

彼女なりに何か確信できる材料でもあったんだろうか……？

「す、すみません、あたしったら……ガルダ様になんてことを――」

ミラは恐縮したように頭を下げた。

「あたしはミラといいます。エレノア王国騎士団の一員です。ガルダ・バールハイト様、お目にかかれて光栄です」

言って、もう一度礼をするミラ。恭《うやうや》しい態度である。

「実はあなた様と一度、任務で一緒になったことがあるのですが……覚えておいでですか」

「ん、そういえば――」

俺は記憶を辿り、ハッと気づいた。

確かに、言われてみれば任務で一緒になったことがある。

「そうか、カレンの妹か……」

懐かしく感じた。髪の色こそ違うものの、ミラの容姿はどことなくカレンに似ている。

「ただ、名前はよく知っている。ドラゴン状態の時も、お前たちのことを見ていたからな」

「っ……！」

俺が微笑むと、ミラはハッと息を呑んだようだった。


『随分とにぎやかだな』


前方から声が響いた。

「なんだ……？」

目を凝らすと、いつの間に現れたのか、そこに巨大なシルエットが佇んでいる。

それは全長100メートルを超えるであろう、途方もなく巨大な竜。漆黒の巨体はまさしく山のようだ。全身の鱗からは絶えず炎と稲妻が弾け散っていた。

「こいつは――」

「外で暴れているドラゴンさん……!?」

ミラが慄《おのの》く。

外で……？　ということは、こいつが、こいつこそが――。真の暗黒竜王、なのか。見たところ、俺が進化した形態よりもはるかに巨大で威圧感がある。

『然り』

俺の思考を読んだように竜が告げる。

『我こそが「暗黒竜王」なり。新たな依り代よ、こうして対話するのは初めてだな』

咆哮を上げる竜。さすがに暗黒竜王というだけあって、とんでもない迫力だ。騎士としては百戦錬磨の俺だが、体の震えが止まらない。隣を見ると、ミラも蒼白な顔で今にも失神しそうな様子だ。

「大丈夫か、ミラ」

「は、はい……」

彼女は半ば無意識なのか、俺に寄り添ってきた。そうしないと、立っていることもできずに崩れ落ちてしまうんだろう。俺は彼女を横抱きにして支えた。

『名はなんという？　人間よ』

「俺はガルダ・バールハイト。エレノア王国の騎士をしていた」

『エレノア……知っているぞ。我はそこで生まれたことがある。そして討たれたことも』

「……で、その暗黒竜王さんは俺になんの用だ」

巨大な竜を見据える。

『見極めに来たのだ。お前が我が依り代に相応しいのか、どうか』

暗黒竜王が言った。

『我が器に足りぬ小物であれば、このまま身も心も魂も全て呑み尽くしてやろう。半端な者に我が力を振るわせたくはない』

呑み尽くす――だと。

「俺にはまだやり残したことがある。このままお前に意識を持っていかれるわけにはいかない」

『やり残したこと？』

「俺の故郷を滅茶苦茶にした奴がいる。そいつを倒すことだ」

強くそう伝えると、暗黒竜王は、

『ふむ、なかなか強い憎しみだ。我にとっては心地良い……』

そう言って嬉しげに目を細めた。

『だが、お前が我が力を得ているとはいえ、今はまだあまりにも成長度が低い。子竜級ではな……魔導王とやらにも、その側近にすらも歯が立つまい』

確かにその通りだ。神樹伯爵を倒したのは、あくまでも『真の力』の一端を振るった時。素のままの俺では、とても敵わなかった。

『素のままで、その者らと渡り合いたいのであれば最低でも若竜級か、あるいは成竜級まで成長せねばなるまい。それまで生き延びられるか、お前は』

暗黒竜王の問いかけに、俺はすぐに言葉を返せなかった。

だが、それでも視線は逸らさなかった。

『……ふむ。憎しみだけでなく、それを制御するだけの精神の強さも秘めているようだな。生半可な者では、いずれ我が闇の力に呑まれてしまうだろうが、お前ならあるいは――』

言葉を途中で切り、暗黒竜王は咆哮した。

空気を震わせるそれに、俺は思わず目を細める。

『――今一度、お前にこの体を預けよう。見事、復讐を成し遂げてみせよ』

「……ずいぶんあっさりと返してくれるんだな」

『戯《たわむ》れよ。我には悠久の命がある。このような余興も悪くない』

「余興だと？」

俺は暗黒竜王を睨んだ。

『魔導王とやらをお前が討てるか否か。楽しみに見せてもらうぞ』

「――討つさ」

『そして、その後でお前が……人間としての精神を保っていられるか……』

暗黒竜王の言葉は、俺の胸に重く響いた。

『力に呑まれ、真の怪物になるのかどうか――じっくりと見せてもらおう』

「怪物に……俺が……？」

人間としての精神を保てるか。人間であり続けられるのか。

俺の、心は――。


そして……俺の意識は再び竜の体に戻る。

目の前には、赤い髪の少年を初めとした数人の集団。勇者パーティというやつか。

奴らからすれば、俺は邪悪な竜なんだろう。が、そうやすやすと討たれるわけにはいかない。

「行くぞ、暗黒竜王！」

「援護するわよ、アーバイン！」

「同じくだ！」

少年が吠え、左右に女魔法使いと初老の僧侶が構える。後方には青年の姿。

俺は視線を少年に向けた。

勇者アーバイン。十五歳にして『神託』を授かり、『聖剣』を与えられ、世界最強となった存在。

噂を聞いたことがあるだけで、会ったのは初めてだ。だが奴の全身から感じる強烈な威圧感は、勇者の名に違わぬものだった。

「吠えろ、我が聖剣『ファルミューレ』！」

アーバインが純白の剣を振りかぶって叫ぶ。

「【吹き荒れる氷雪《ブリザードブラスト》】！」

無数の氷が矢となり、雨あられと降り注いだ。俺はブレスを放って、それらを全て蒸発させる。

「【エクスバインド】！」

「【エクスシールド】！」

と、今度は僧侶と魔法使いがそれぞれ呪文を放ってきた。

魔力の鎖が俺の全身にまとわりつき、さらにその周囲を魔力障壁が覆う。俺の動きを封じる気か。

「よくやったぞ、エルク、マルグリット！」

アーバインがニヤリと笑って、跳び上がった。それも、一気に20メートルほども——人間を完全にやめているレベルの跳躍力である。

俺は迎撃のために【滅びの光芒】を放つ。

だが、その寸前——、

「させるか！」

眼下で、青年騎士が叫んだ。

振り下ろした剣が、突風を呼ぶ。魔法の武器か、それとも風を生み出す剣技スキルを会得しているのか。いずれにせよ、小型の竜巻が俺の顔を覆った。

くっ……視界が遮られる。

直撃されると、目を開けていられないほどの猛風である。さらに、全身に冷たい衝撃が走り抜けた。先ほど勇者が放った氷の矢が、俺の全身にぶつかってきたのだ。

ちぃっ……！

俺は全身を揺すった。矢を跳ね飛ばし致命傷を回避する。多少の手傷は負ったものの、大したダメージじゃない。

「聖剣の最上級攻撃を受けて、この程度だと……!?」

アーバインが驚きの声を上げた。

どうやらさっきのはかなりランクの高い攻撃だったようだ。

だが、暗黒竜王である俺の体にはさしたるダメージを与えられない。それだけの力の差がある、ということだろう。

さあ、今度は俺の番だ。降りかかる火の粉は払わないとな。

滅べ――――！

俺は念じる。

ただ、敵を倒すことを。

ただ、敵を討つことを。

ただ、敵を殺すことを。

ただ、敵を滅ぼすことを。

次の瞬間、俺の口から漆黒の光線が吐き出される。虚無のドラゴンブレス――そんな単語が脳内に浮かんだ。

「な、何……!?」

先ほどまで闘志にあふれていたアーバインの表情が、凍りついた。

悟ったのだろう。このドラゴンブレスを前にして、無事でいられる者など存在しない。

全てに等しく滅びを与え、虚無へと還《かえ》らせる。

それが俺の――暗黒竜王の最終奥義とも呼べるこのブレスだ。

「【エクスウイング】！」

「【スキルブースト】！」

その瞬間、魔法使いと僧侶の呪文が響いた。

勇者たちの背中に光の翼が生まれ、すさまじい速度で後退していく。

……逃げたか。

一瞬遅れて、俺の放ったドラゴンブレスが地面に命中した。

無音の、爆発。

閃光が晴れると、周囲1キロほどにわたって巨大なクレーターが出現していた──。


勇者パーティを撃退した俺は、ミラやコレットと共にラシェルの大森林を抜けるべく、再び進行を開始した。

アビーの死体は森の中へ埋葬し、遺品だけを持って帰ってくる。いつか、故郷の土に埋葬してやるためだ。

『あ、そうだ。途中になってたままの進化選択をやらないと』

道中でナビが言った。

途中……？　ああ、そういえば──と俺は思い出す。

神樹伯爵を倒したことで大量の進化ポイントが手に入った。

何せ伯爵はレアリティ6の強大なモンスターだったからな。倒した時に得られる進化ポイントも、それだけ大きかった。

が、その後に俺自身が暴走してしまったため、進化の選択をしないままになっていたのだ。

『進化先候補を表示します。進化を希望する場合、いずれかを選択してください』

ナビが平板な口調になって告げる。同時に、目の前に進化先候補が表示された。


～～～～～～～～～～～～～～～～～～～～～～～～～～～～～～
※共にⅢ段階まで一気に進化可能

『ジュニアダークドラゴンⅢ（空戦型）』

暗黒の力を備えた子竜。若竜や成竜になる一歩手前の状態。翼が二対になり、飛行能力が大幅にアップ。また空戦型の弱点である非力さについても、大きく改善され、並の相手ならば格闘戦で圧倒できる。古竜クラスまで成長することで、あらゆる【闇】を統べる存在になる可能性を秘めている。称号『暗黒竜王』を持つ場合、一定条件下でステータスが大きく底上げされる。


『ブラストファイアドラゴンⅢ』

ジュニアクラスまで進化可能になったダークドラゴンの、新たな派生進化先。破壊に特化した『火炎竜王』の眷属。一定確率で戦闘能力の暴走が始まり、全てを破壊するまで止まることがない。古竜クラスまで成長することで、【原初の炎】を操ることが可能。称号『火炎竜王』を持つ場合、一定条件下でステータスが大きく底上げされる。

～～～～～～～～～～～～～～～～～～～～～～～～～～～～～～

相変わらず、【闇】を統べる存在というのがよく分からないが、今の状態から分かりやすく強くなれる『ジュニアダークドラゴンⅢ』はかなり魅力的だ。

……後者は強そうだけど、コントロールに難ありという感じだろうか。『火炎竜王』というのは『暗黒竜王』と何か関係があるんだろうか。前にもどこかで見たような気がするが……。

気になるところではあるが、まあ無難に前者を選んでおこう。せっかく暗黒竜王の系統で順調に進化している感じだし。

『じゃあ、「ジュニアダークドラゴン」を選ぶのね？　選択すると一気に「ジュニアダークドラゴンⅢ」に進化するわ』

へえ、ⅠとかじゃなくていきなりⅢなのか？

『神樹伯爵から得た進化ポイントが大量だったからね。同系統の進化――要はⅠとかⅡとか付いてるやつね――はまとめて一気に進化することが可能なの』

じゃあ、それでやってくれ。

『りょーかい。ついでに進化が終わったら、ステータスを表示するわね』

いつものファンファーレが鳴り、そして数秒後。

俺の進化は完了していた。

～～～～～～～～～～～～～～～～～～～～～～～

称号：暗黒竜王　種族：ジュニアダークドラゴンⅢ（空戦型）　形態：ドラゴンタイプ
LV：1　HP：207　MP：236　攻撃力：161　防御力：152　素早さ：189
★：7

○所持スキル
【鑑定（竜王級）】LV1　【滅びの光芒】LV4　【災いの波動】LV3　【大罪の火炎】LV1
【大罪の氷雪《ギルティフリーズ》】LV1　【爪撃】LV5　【竜尾】LV5　【飛行】LV3　【大飛行】LV1
【意思疎通】LV1

～～～～～～～～～～～～～～～～～～～～～～～～～～～～～～～～～


今度はレベルが1まで下がっている。

だが、例によって進化前と比べると、進化後はレベル1に下がっているというのに、ステータスが格段にパワーアップしている。姿は以前より一回り大きくなり、翼も二対四枚になっていた。

さらに、ドラゴンブレスが二種類増えていた。

以前、『真の力』に覚醒した際に使ってたブレス【大罪の火炎】に加え、名前からして同系統だと思われる【大罪の氷雪】というブレスも使用可能になったようだ。後は【大飛行】と【意思疎通】というスキルが新たに加わっていた。【大飛行】の方は【飛行】スキルの発展版だろうか。これは後で試すとして、まずは【意思疎通】から使ってみるか。

「俺の声が聞こえるか、みんな」

「……!?　聞こえます、ガルダ様」

驚いたような声を漏らすミラ。が、コレットの方はキョトンとした顔だった。

「どうかしたの、ミラ？　っていうか、ガルダってなんのこと？」

「それは――」

ミラが俺の方を見る。どうやら、俺の声は彼女にしか聞こえないらしい。

『スキルレベルが低いうちは、ある程度関係が近しい人間にしか声が届かないのよ』

ナビが言った。

誰にでも声を伝えられるわけじゃないのか。ミラは、その『近しい人間』になんらかの条件を満たして入ったんだな。

『そんなわけで、今のところ、ミラちゃんとしか会話できそうにないわね』

なるほど……。

『それと、あなたがガルダ・バールハイトだっていうことは他の人間には伏せた方がいいんじゃない？　結構有名人なんでしょ、あなたって』

伏せる？　俺がガルダだと知られることってそんなに不都合だろうか。

『魔導王との戦いで、あなたがガルダだって知られたら――あなたに近しい人間が被害に遭ったりしないかしら？』

……そういう人間はいない。魔導王の侵攻でだいたい殺されたからな。

俺は苦い思いを噛み締める。

とはいえ、わざわざ俺の正体を広める必要もないか。ナビの危惧する通り、俺がガルダだと知ったら、あるいはガルダが生きていると分かったら、名前を悪用する者が出る可能性もある。

「ミラ、悪いが俺がガルダだということは秘密にしてくれないか」

俺はミラにお願いすることにした。

「……わ、分かりました。申し訳ありません」

「いや、いいんだ。頼む」

「承知しました」

恭しくミラが頷く。部下でもない相手からこんな態度を取られるとこそばゆいな。今の俺はただのドラゴンなんだし、彼女は騎士の中の騎士であるガルダに接しているつもりなんだろうけど……。

「すみません、コレット。今のはあたしの独り言です。その……えっと、ガルダ様のことをちょっと妄想していたっていうか」

「妄想？　ふーん……？　どんな？」

コレットがジト目になる。

ミラは思わぬ失言だったようで、あたふたと狼狽《ろうばい》した。

「っ……！　べ、べべべべ別にいかがわしいことを考えてたわけじゃないですよ!?」

「あたしは何も言ってないけど？」

コレットがふふんと笑う。

「まあ、ミラって真面目そうに見えて意外と――」

意外と……なんだろう？

その言葉の先が気になったが、ミラが必死で止めたので聞くことは叶わなかった。


「さて、今後どうするか、だな」

その後、俺はミラとコレットにこれからの方針を相談した。

……といっても、コレットには俺の声が直接聞こえないため、まずミラに話しかけて中継してもらう形になるが。

「俺は魔導王の軍団と戦うつもりだ。ミラやコレットはどうする？　それぞれの所属に戻るなら、途中まで一緒に行くか？」

「あたしは――」

ミラが俺を見た。

「ガルダ様……あ、いえ……」

さっきの俺とのやり取りを思い返したのか、慌てたように口ごもる彼女。どう呼んでいいのか決めあぐねているらしい。

「今まで通りドラゴンさんとでも呼べばどうだ？」

「あ、そうですね……じゃあ、ドラブンさんをエレノアの騎士団や魔法戦団に紹介するのはどうでしょう？　あたしたちと共に魔導王と戦うために」

「魔導王と……戦う？」

ミラの提案にコレットが眉を寄せる。

「本気で言ってるの？　相手は一国すら滅ぼすレベルの魔法使いだよ？」

コレットの言葉はもっともだ。最盛を誇っていた騎士団の精鋭たちでさえ為す術なく壊滅させられたのだから、今の状態で挑むなど自殺行為にほかならない。

「だけど、あたし……アビーの仇を討ちたいです」

「気持ちはわかるけどさ。さすがに無茶だよ」

唇を噛み締め涙を浮かべるミラだったが、コレットはそれを諭した。

俺もそう思う。あくまで今は、だが。

「いや、あながち無茶ってこともないぞ」

俺はミラに言った。もちろん、この声はコレットには聞こえない。

ミラは俺に視線を落とした。

「俺が『真の暗黒竜王の力』を使いこなせれば、あの神樹伯爵でさえ──魔導王の側近クラスでさえ撃破できたのは分かっただろ。この力を制御できるようになれば、魔導王打倒は夢物語じゃなくなる」

神樹伯爵の他に側近が何体いるのか、その強さにどの程度のばらつきがあるのかは分からない。

伯爵が側近の中で強い方なのか、弱い方なのかというのも。とはいえ、ここまで圧倒的な力の差を発揮したんだ。他の側近が相手でも、まず間違いなく圧倒できるだろう。

そして、側近たちを片づけた後は――当然、魔導王を打倒する。

「ドラゴンさんの……成長……」

ミラはハッとした顔で、俺の言葉をコレットに伝えた。

「……確かに、あの時の力をコントロールできれば……」

だが、コレットはまだ納得していないらしい。

「でも暴走したら、敵も味方もお構いなしだよ？」

もっともな疑問を口にするコレットに、俺はミラを通して精神世界での出来事を伝えた。暴走しないためには、俺が精神を強く持つことが必要なのだということも。

「『暗黒竜王』の力を自在に使うことはできないんですか、ドラゴンさん。あの力は、あのように暴走状態じゃないと使えないのですか？」

「その『内なる境界』だっけ？　そこで『暗黒竜王』と語らったんでしょ？　もう一回聞いてみたらいいんじゃない。力の制御方法を」

と、コレットが提案した。なるほど、一理ある。俺は心の中で暗黒竜王に呼びかけてみた。

……返事は、なかった。

ナビが呆れたように声を上げる。

『無理よ。さっきの現象はあくまでも「暗黒竜王」が気まぐれに話しかけてくれただけ。私たちの方から交信を求めることは不可能よ』

気まぐれ……か。俺に力を貸してくれたり転生先に選んだりと、何もかも気まぐれなんだろうか。

「無理らしい」

「……そう、ですか」

俺の言葉にミラがうなだれ、コレットにもその意を伝える。コレットも少々残念そうな顔をしてから、

「うーん……あ、じゃあ、こういうのはどう？」

すぐに次の案を出してきた。

「『暗黒竜王の神殿』に行くのよ」

暗黒竜王の……神殿？

なんだそれ。俺が……というか暗黒竜王が祀《まつ》られているのか？

ミラ越しに質問すると、コレットは答えてくれた。

「千年前の大戦の折、最初に『暗黒竜王』が降臨したとされる場所よ。そこに何かのヒントがあるかもしれない」

千年前の大戦――。

確かエレノア王国に『暗黒竜王』が復活し、それを勇者が討ったという伝説だ。

「ま、確証はないし、雲を掴むような話になるかもしれないけど……指針が何もないよりはずっといいでしょ？」

……なるほど、そうかもしれないな。

「ちょうど【大飛行】っていう新しいスキルを得たから、それを使って神殿まで飛んでいくか」

「【大飛行】……ですか？」

まだ使っていないから分からないけど、体のサイズも大きくなったことだし、二人を乗せてより高度な飛行が行えるはずだ。

「陸路で人の多い場所を進むと、モンスター然とした俺は冒険者とかに狙われるかもしれないからな。なるべく人との接触を避けられる空路がベストだろう」

『スキル【大飛行】の連続飛行可能時間はおおよそ三十分程度ね』

じゃあ、三十分ごとに休憩を取りながら飛べばいいわけか。

『そういうこと』

「ミラ、三十分飛んでは休憩して……というのを繰り返しながら、目的地に向かう」

「了解です、ドラゴンさん。コレットにもそう伝えますね」

かくして、俺たちは空路で『暗黒竜王の神殿』を目指すこととなった。

※

一方、その頃――。

「俺たちを追いかけてこない……？」

アーバインは去っていく黒竜を見上げ、眉を寄せた。彼らが一時撤退し、森の中に潜んでいた時、突如黒竜らしき影が森から飛び立っていったのだ。

今、戦いは黒竜に優勢。なんらかの方法で探し出して襲撃すれば、深手を負わせることも可能だったはずだ。

にもかかわらず追撃を選ばず森を去るとは。何か意図があるのか、それとも――。

「どうしますか、勇者様？　奴を探し出して始末しますか」

エルクが提言する。

「ちっ、相手が空にいるんじゃ俺の剣も槍も届かねぇ」

「あたしの攻撃呪文も、さすがにあの高さまで届かせるのは無理だね」

ダリルとマルグリットは追撃ができない旨を苦々しげに口にした。

だが、誰も積極的に動こうとしない。あのまま撤退せずに戦いを続けていれば殺されていただろうと直感しているのだ。勇者パーティといえど、不本意な場所で命を落とすことには恐怖が伴う。

「奴が町中に降りたら、どれだけの被害が出るか分からない。追いかけよう」

アーバインの決断に、メンバーも頷きを返した。

いくら強大な敵でも、勇者として逃げるわけにはいかない。世界中の人々を守る。戦う力を持たない者たちの代わりに、自分が戦う。そのために、アーバインは勇者となったのだから。

アーバインはそんな使命感に燃えていた。

「エルク。暗黒竜王の行く先を追跡できるか？」

「お任せを。【エクスサーチ】！」

エルクの錫杖が淡い光を放った。使おうとしているのは上級の探索呪文だ。

やがて、光がある方角を指し示す。

「この方角は――エレノア王国ですな」

「エレノア？」

アーバインは眉根を寄せた。そこは確か、最近、魔導王の軍団によって国土の大半を攻め取られた古王国である。既に王都は陥落しており、向かったところで機能を果たしていないはずだ。

「奴は魔導王と何か関係があるんだろうか」

「もしかしたら、魔導王が召喚したモンスターとか？」

というマルグリットの言葉に噛みついたのは、ダリルだった。

「けど、あいつはその魔導王の手下を殺してたんだろ。神樹伯爵、だったか。側近クラスを殺すような奴が、魔導王の手下か仲間ってことは考えにくいんじゃねーか？」

「確かに仲間ではないのかもしれないし、あるいは奴らの中で内紛があるだけなのかもしれない」

「方角からするとエレノアの王都ではありませんな。もう少し離れた地点――」

エルクが続ける。

「その先には小規模な都市がいくつかあるだけで、後は荒野が広がっています。いや――」

言いかけて、何かに気づいたように付け足す。

「あそこには古代神殿があったはず。確か……『暗黒竜王の神殿』」

「あ、聞いたことある。その神殿があるのって、古代神話で最初に暗黒竜王が現れた場所よね」

マルグリットの言葉に、エルクが頷きを返す。

「神殿は暗黒竜王に関係したもの、って可能性は高いんじゃないかな」

「ここからだと国を二つ隔てた先か。どうする、大将？」

「もちろん、追いかけるよ。ただし――今まで以上の激戦になるかもしれない」

アーバインが仲間たちを見回した。

あの黒竜はおそらく、なんらかの力を得るために神殿を目指すのだろう。

今でさえ、あれだけ圧倒的な強さだったのだ。もし、さらなる力を得るとしたら――その戦闘能力は想像を絶するものになるだろう。

「それでも――みんなは付いてきてくれるか？」

「無論です」

「当然っ」

「大将にどこまでも付いていくさ」

三人は異口同音に言った。

頼もしい仲間たちの言葉に胸が熱くなる。

「それでこそ勇者パーティだ。なら、行こう」

アーバインが固く拳を握りしめた。

「『世界の敵』を討つために」

アーバインたちはラシェルの大森林からもっとも近い町に戻った。

追撃の前に休息と、情報収集である。

幸い、暗黒竜王はこの付近には攻撃していないらしく、今のところ被害は報告されていない。

アーバインたちは一時の休息の後、出発の準備を整えた。仲間たちの探索呪文によって、おおまかな位置は把握している。後は追いかけるだけだ。

「勇者殿、ご出立でしょうか？」

そう尋ねるのは王国の神官だ。彼はアーバインたちの付き添いである。また、勇者の行動の監視役でもあった。強大な力を持つ勇者は、国にとって最強の戦力であると同時に、監視対象でもあるのだ。

（俺がその気になれば、国の一つや二つは手中にできる……それを牽制するためとはいえ、信頼を置いてもらえないのは悲しいな）

内心で呟くアーバイン。

自分には、そんな野心はない。ただ多くの人を救うため、勇者の力を振るいたい。世界の敵となる者を倒し、みんなが平和に暮らせる世界を実現したい。

ただ純粋にそれだけを考えているというのに、為政者《いせいしゃ》にとってはそうは思えないようだ。

「ああ、ラシェルから逃走中の竜を討つ」

アーバインは苦い気持ちを押し殺し、平然と告げた。

「あれは『世界の敵』だからな」

「できれば、我が国を脅かそうとしている魔導王も討っていただきたいものですが……」

魔導王。ここ二ヶ月ほどで、世界中に侵略戦争を仕掛けている強大な魔法使いだ。自らが生み出し、あるいは召喚した無数のモンスター軍団を手勢にいくつもの国を征服したと聞く。

「確かに、奴も『世界の敵』だな」

「けど、それは『神託』には表れてないのよね、エルク？」

「勇者が討つべき敵は『神託』にて示される――魔導王を討てとの『神託』が出ないかぎり、勝手に勇者の力を使うわけにはいきませんね」

「自らの敵を自らの意思で定められない、とは歯がゆい話だけどな。それが勇者の宿命ってやつだ」

仲間たちの言葉にアーバインは強く頷いた。

「それでは、魔導王に関しては列強諸国に力を合わせ、追い払ってもらうしかありませんね」

エルクの言葉に、神官は口をつぐんでしまう。

「俺としては、そいつもぶった斬ってやりたいところだけど……」

「世界の敵は、神が決めます」

アーバインの決意を込めた言葉は、やや強引にエルクの言葉に打ち切られた。

「神託に従いましょう。現在、世界に征服戦争を仕掛けているのは魔導王、幻獣皇帝《げんじゅうこうてい》、海竜妃《かいりゅうひ》の三人。いずれも世界の敵と認定されてもおかしくはありませんが……今のところ、神託での討伐命令は出ていません」

「……分かってるよ。言ってみただけさ」

アーバインはため息を吐いた。

彼の行動を決めるのは全て『神託』だ。自分の敵を自分で定められないのは、やはり歯がゆかった。

※

城の大広間で、魔導王は部下の報告を受けて憂鬱な面持ちを隠せずにいた。

「奴に、逃げられたか……」

神樹伯爵であれば、まだ力を発揮していない暗黒竜王を生け捕りにできると信じていた。だが、結果はあっさりと返り討ちに遭ってしまった。さすがの魔導王であっても予想外だ。

どうやら『暗黒竜王』の力は想定していたよりもかなり大きく発現しているらしい。

さすがに、神話の時代に暴威を振るっていた頃には及ばないだろうが、もしかしたら千年前の復活時程度の強さはあるかもしれない。

それだけでも、十二分に強大な力だ。

「ますます興味深い。ぜひ手に入れたいものだ。奴の力を……！」

魔導王の望みはエレノア王国や周辺諸国を征服する程度のものではない。

これらの国を手に入れることなど、ほんの手始め。世界を全て掌中に収め、今よりもはるかに巨大な力を得て、遠からず神や魔王に挑む。

そして勝利を収め、自分こそがこの世界で唯一絶対の存在となる――。

「余の最終目標はそこにある」

魔導王は宣言するように告げる。

エレノア王国に眠るとされる『暗黒竜王の力』はその足掛かりとなるはずのものだった。だが、王国侵攻の折、その力の反応が突然消失したのだ。

ひと月近くかけて探知を繰り返した結果、ラシェルの大森林にその力が眠っていることを発見した。ちょうど神樹伯爵に侵攻を任せていたエリアである。

そこで伯爵に力の奪取を命じたのだが、失敗であった。

魔導王が己の魔導の粋《すい》を凝らして作り上げた、珠玉のモンスターの一体。自然系最強のクラスのモンスターである神樹伯爵を、転生体とされる竜はたやすく屠《ほふ》ったのだ。

「だが、それでこそ暗黒竜王だ。余が求める最強にして無敵の力だ」

魔導王の口元に自然と笑みが浮かぶ。

「必ず汝の力を我がものとしてやろう。さあ、次の手を打つとしよう」

幸い、未《いま》だ暗黒竜王は完全体ではないようだ。それでもなお、圧倒的な戦闘能力ではあるが――。

『王よ、ぜひこの俺に捕獲のご命令を』

進み出たのは身長１００メートルを超える巨大なゴーレム。

魔導王の側近モンスターの一体『機甲巨人』だ。

『暗黒竜王とやらの攻撃力は圧倒的です。生半可なモンスターなら一撃で消し飛ばされ、側近クラスといえども長くは持ちますまい。ですが、俺だけは別です』

と、機甲巨人。

『この俺の巨体ならば、奴の攻撃にもある程度は持ちこたえられるはず。そこで反撃を食らわせ、無力化してご覧に入れましょう』

魔導王は自信満々に語る機甲巨人に命令を下す。その顔は、どこか期待に満ちた楽しげなものであった。

※

「ふうっ、気持ちいいですね」

「んー、生き返る～」

ミラとコレットが丸裸で水浴びをしながら、歓喜の声を上げる。

俺は泉のほとりでそれを見つめていた。

俺たちは現在、【大飛行】の休憩中だ。

スキル【大飛行】は一度の発動で三十分ほど連続で飛行できるが、その後はおおよそ一時間程度の休息を置かなければ、スキルを再び発動することができない。

その休息時間を利用し、ミラとコレットは水浴びをしているのだった。

美少女二人の全裸姿――人間の時であれば、少なからず興奮したに違いない。俺だって男だからな。

だけどドラゴンに転生した影響なのか、さほど興奮が湧いてこない。

まったく何も感じないというわけじゃないが、どちらかというと、二人の裸体の美しさに感嘆するような気持ちの方が大きい。嬉しそうにはしゃぐ彼女たちを見て、和む気持ちとか。

そう、一番近いのは……多分愛玩動物を見て、それを愛《め》でるような気持ちじゃないだろうか。

彼女たちより明確に違う次元の存在となった弊害であるのかもしれない。

「あれ、ドラゴンさんがこっち見てる」

ミラがジッと俺を見つめた。

「……やらしいです」

「なんでだよ！」

俺は思わず声でミラに反論した。反論した後で、気づく。

そうか、ミラにとっては人間の男に水浴びシーンを見られているのと同義だよな。当たり前だ。

なぜ、こんなことに気づかなかったのか……。

だんだん感覚や思考がドラゴン化しているんだろうか。少なくとも俺は、自分を人間ではなくドラゴンとして捉え、他の人間との間に線引きをし始めている――のかもしれない。

「……悪かった。ミラ」

俺は慌てて頭を下げた。

「……あ、でも、今はドラゴンさんですし、あたしの方こそ申し訳ありません。ちょっと恥ずかしくなってしまって」

ミラも慌てたように頭を下げた。

とはいえ、やはり恥ずかしそうに両手で胸を押さえ、しゃがみ気味になって股間を隠しているが。

一方のコレットは特に恥ずかしがる様子もなく、俺の前に裸身をさらしたままだ。彼女は俺を人間ではなくドラゴンだと思っているから、特に恥ずかしさもないんだろう。

「俺の配慮が足りなさすぎただけだ。はしゃぐお前たちを見て、つい和んでしまった」

俺が謝罪を繰り返している、その時だった。

「誰かいるのか？」

「どちらも女の子みたいですぅ。あ、後ろにドラゴンも……」

響いた声は、いずれも可憐な少女のものだった。

一人は、ポニーテールにした金髪に怜悧《れいり》な顔つき、引き締まった体つきをした長身の少女。

もう一人は、青い髪をショートカットにした清楚な容貌に、小柄な体つきの少女だった。

いずれもタイプこそ違うが、見目麗しい美少女である。当然、二人とも全裸だ。

「えっと……」

ミラ、コレットと美少女二人組は顔を見合わせ、立ち尽くした。

「ああ、怪しい者じゃないんだ。警戒しないでくれ」

金髪ポニーテールの少女が言った。

「私たちは遺跡探索メインの冒険者をしている。私はリーリア、彼女はキュールだ。この先にある古代神殿を目指していてね」

「伝説の『暗黒竜王』の神殿ですぅ。すごいでしょ」

と、青神ショートカットの少女がはしゃぐ。

どうやら金髪少女がリーリア、青髪少女がキュールというらしい。

「それって、あたしたちと同じ――」

ミラが呟く。

「実は、あたしたちもその場所を目指してるの」

コレットが言うと、美少女冒険者たちは驚いた顔をした。

「ほう、すごい偶然だな」

「じゃあ、これも何かの縁ですね。良かったら一緒に水浴びしませんか？　というか、水遊びでも
……えいっ」

キュールが悪戯《いたずら》っぽく笑って、水をかける。

「あ、やりましたね。えいえい」

ミラが微笑みながら、水をかけ返す。

コレットとリーリアはそんな姿を見て、互いに顔を見合わせると、軽く苦笑した。

和気あいあいとした雰囲気だ。どうやら意気投合できそうだった。

やがて、彼女たちは四人で水浴び兼水遊びを始める。美少女四人の全裸姿は、なかなかに絶景というか、息を呑むほど可憐で美麗だった。

「へえ、すごいな……」

「空を飛んでますぅ！　キュール感激ですぅ」

二人の冒険者がはしゃぐ。

俺は現在、ミラ、コレットに加え、新たに知り合った二人の美少女冒険者・リーリアとキュールを背に乗せ、【大飛行】スキルで空を進んでいる。

あの水浴びの後、俺たちは揃って神殿を目指すことになったのだ。

「えへへ、ドラゴンさんはすごいでしょう」

なぜかミラが自慢げだった。

「しかし、四人も乗せると飛行持続時間が落ちたりしないのかな？」

コレットの疑問に、俺はすぐ回答が返せない。……確かに、そこは気になるところだ。

どうなんだ、ナビ？　乗せる人数が増えると【大飛行】の効果時間が変化するのか？

『それは大丈夫。まあ、多少疲れるかもしれないけどね。スキルの効果時間は何人乗せようと変化なしよ』

なるほど、覚えておこう。まあそもそも、少女が四人乗った程度じゃ苦にもならない身体能力なんだが。

「いいなぁ……これなら世界中だって旅できるじゃないか」

「このクエストが終わったら四人で世界を駆け回りたいですぅ」

リーリアとキュールが目を輝かせてはしゃぐ。

「四人で……いいですね」

「ピクニックじゃないんだから」

嬉しそうなミラと、苦笑するコレット。好対照の反応である。急に距離を詰められたことの不快感も二人にはないようだ。水遊びを通じてすっかり意気投合できたらしい。

「まあ、考えてみてくれよ。君たちは二人ともかなりの腕前なんだろう？　気配で分かる」

「仲間に加わってもらえたら、とても心強いですぅ。キュール嬉しいですぅ」

リーリアとキュールが交互に言った。

「女二人だけのパーティだと何かと物騒だからね」

「まあ、それはあたしたちも同じですね……」

「前は三人だったんだけどね……」

コレットがぽつりと呟いた。神樹伯爵との戦いで焼き殺されたアビーのことを思い出しているのだろう。事情を察したのだろう、リーリアとキュールは神妙な顔になった。

「仲間を……失ったのか」

「つらいですね……」

ミラは悲しげにため息を吐きながら、首を振った。

「それは……戦いの常ですから」

俺も思っていることだ。いつまでも、戦いで失った仲間を想い続けて立ち止まるわけにはいかない。前に進み、変わらなければならない。

「アビーや仲間たちだけじゃありません。王国騎士をしていたあたしの姉も、先の戦いで亡くなりました……」

俺は、かつて人間だった頃のことを思い返す。

カレンは騎士団内では先輩だった。歳《とし》も一つ上で近いこともあり、俺たちはすぐに意気投合できた。

恋心……なのかは分からないが、淡い憧れを抱いていたのは事実だ。だけど、そんな甘酸っぱい気持ちはもう失われてしまった。

それはドラゴンになったからなのか、はたまた魔導王への復讐心がはるかに勝《まさ》ってしまっているからなのか。

それは分からないが、今の俺を動かすのが郷愁《きょうしゅう》や感傷ではなく、憎悪と怒りであることは間違いなかった。

その後、休憩を終えると、俺は再び四人を乗せて空を翔けた。その途中で、ある物を発見する。草原に無造作に転がっている、いくつかの岩塊だ。

『バレットロックね』

ラシェルの大森林でも戦ったことがある。俺が最初に『進化ポイント』を手に入れた時の相手だからな。

今なら、楽に狩れるな。俺は眼下のバレットロックに向かって、おもむろにドラゴンブレスを撃った。

全部で六体。労せずして進化ポイントを得ることができた。

しばらく飛ぶと、次にダークバイソンを発見した。名前の通り、漆黒の牛型をしたモンスターで、群れを作って移動している。

これもブレスで一撃。後には、こんがりと焼けたダークバイソンの死体が横たわっている。

こんな感じで、俺は今までにもチマチマと経験値稼ぎを重ねていた。目的地に向かう道中、モンスターと出くわす機会がそれなりにあったからな。最初は急にブレスを吐いた俺に背中の少女たちが驚いたが、ミラに意図を説明してもらうことで、道中で狩りをしながら飛ぶことができた。

中には進化ポイントを得るための対象——レアリティ4以上のモンスターもいた。そいつらを倒したおかげで、現在の進化ポイントはそれなりに貯まっている。もう少ししたら、新たな進化を遂げることができるんじゃないだろうか。

と、バイソンの死体をじっと見ていたキュールが、

「ねーねー、ダークバイソンってかなり美味《びみ》らしいですぅ」

おもむろにそう言った。

「美味？」

「……ちょっと食べてみたい、かも」

「同じく」

ミラ、コレット、リーリアが異口同音に反応する。

「じゃあ、決まりですぅ。キュールが捌きますね。こう見えても【料理】スキルを取得してたりするので～」


地面に降りてしばらくして――。

木の葉《こ》を重ねて作った皿の上に、香ばしい匂いのステーキが載せられていた。キュールが即席で料理したものだ。ダークバイソンの肉を解体していく手際といい、絶妙の焼き加減といい、本職の料理人顔負けである。

「おいし～い！」

ミラとコレットが同時に叫んだ。二人ともホクホク顔だった。

「うん、確かにいけるな。相変わらず料理上手だよ、キュールは」

リーリアもクールな顔に、蕩《とろ》けそうな表情を浮かべている。

「これならいいお嫁さんになれる」

「やだなぁ、キュールはリーリアと一緒に過ごせたら、それで満足……」

「ん？」

「あ、ううん、なんでもないですぅ！」

なぜかリーリアを見て顔を赤らめたキュールは、すぐに両手をぶんぶんと振った。

「？？？」

リーリアの方はキョトンと首を傾げている。

キュールはやや強引に話題を戻した。

「そ、それより、キュールの焼いたダークバイソンステーキはどうですか？」

「最高です」

「しばらくは携行用の糧食《りょうしょく》ばかりだったから、余計に美味しく感じる」

ミラとコレットが微笑む。騎士団等で配給される携行糧食か。確かにあれは、決して食べられない物じゃないけど非常に味気ない。

ただ焼いただけのステーキでも、手が加わっている分美味しく感じられるのは分かる。

「うふふ、どんどん食べてくださいね～」

褒められまくったキュールは得意げだった。俺はそんな四人の掛け合いを少し離れた場所で見つめている。

和やかで楽しげで、見ているだけで心が癒されるようだった。

そして、ああ、いいなぁ、と思った。

『ちょっと感傷的になってない、ガルダ？』

ナビがからかうように言った。感傷的って……俺はただ和んでいただけだ。他意はないぞ。

『あなたはもう人間じゃない。ドラゴンだもの。もしかしたら切なくなってないかな、って』

切ない……どうだろうな。

少なくとも彼女たちと同じ世界を見て生きることはできないし、寿命だって違う。人化すれば別だろうが、それでもやはり違う生き物なのだ。

『寂しくなったら、内面世界で私が慰めてあげるからね。あの世界ならガルダも人間の姿で実体化できるし、私も人の姿を取れるし』

内面世界って、この前の場所か。居心地のいい場所ではあったが、そんな頻繁に行きたくなるかと言われると微妙だ。

『基本、二人っきりだからね。イチャラブし放題だよ』

……イチャラブしたかったのか、ナビ？

『っ……！　や、やだなー、ものたとえだってば！　たとえ！　わ、私は別に、ガルダのことなんてなんとも思ってないんだからねっ！』

急にどうしたんだ、ナビは。

彼女の態度の変化に戸惑いつつも、俺は再び四人を見つめた。

特別なイベント、というわけではない、平凡な日常の一場面――それが何よりもかけがえのないものだと、俺は知っている。

全てを失ってから、思い知った。もう二度と帰らないあの日を。家族も、友も、仲間も、淡い恋心を抱いていた相手も――。全ては侵略の炎の中に消え、失われてしまった。

……なんて、な。

やっぱり感傷的だろうか、俺は。

だが、たまにはこういう気持ちになるのもいいかもしれないな。俺が、人であった残滓《ざんし》のようなもの。俺に残された一かけらの、人としての証。

それを胸に抱き、竜としての生を突き進む。それが今の俺、暗黒竜王ガルダ・バールハイトなんだ。


休憩を挟みながら、俺はミラたち四人を乗せて空を進む。

全身に受ける風の感じが、カラッと乾いた爽やかなものから、少しずつ湿度を含んだ寒風へと変わってきた。

眼下の風景も、一面の草原から次第に切り立った岩や山が増えてきた。

「もうすぐだね」

コレットが言った。

「ああ、情報が確かなら、この先にあるのが目指す『暗黒竜王の神殿』だ」

リーリアがその言葉に反応する。

彼女たちはウマが合うのか、この短い旅の間に随分と仲良くなったようだ。

「リーリアは他人とめったに打ち解けないのに珍しいですぅ」

キュールが笑った。それに、二人も笑みを返す。

「はは、なんだかコレットとは妙に話しやすくてな」

「あたしも同感。リーリアと話してると楽だね」

うむ、美少女二人が笑みを交わし合っている様は、非常に絵になるな。

と、そろそろ【大飛行】の航続限界だな。

俺は羽ばたくのをやめて滑空モードに入った。翼の角度を調整しつつ、軟着陸する。

この辺りの飛行技術は知識として教わったわけじゃない。俺自身の体が飛び方を熟知している——という感覚だ。

鳥に生まれていたらこんな感じだったのかもしれない。

しばしの休憩。今一度、少女たちの和やかな歓談に心洗われていると、ふと、真面目な表情となったリーリアが口を開いた。

「今の待機時間が終わったら、早速飛行再開しないか。上手くいけば、次の飛行時間内に目的地まで着けるんじゃないだろうか」

その意見には俺も同意だ。疲れはないし、さっさと着くに越したことはない。

「ここまでありがとうございました、ドラゴンさん、もう一息ですからがんばってくださいね」

ミラが俺の頭を撫でてくれる。

というか、彼女は俺が休息するごとにこうして声を掛け、頭を撫でてくれていた。気遣ってくれてるんだろう。優しい心根は、姉のカレンそっくりだった。

そんな時だった。

——ごごごごごごっ……ぉぉぉぉっ……！

突然、地響きがした。

これは——!?

「み、見てください、あれを……！」

ミラが震える声で言って、前方を指さした。

コレットも、リーリアも、キュールも、息を呑んでいる。

最初、それは山に見えた。前方にそびえる、雄大な山。だが、違う。

その山はゆっくりと前進し、近づいてくる。その山は手足を備え、胴を備え、憤怒《ふんぬ》の表情を浮かべた顔を備えていた。金属製の巨人――そう、身長100メートルを超えるような巨大なゴーレムだ。

『ここから先へは行かせんぞ、お前ら！』

巨大ゴーレムが吠えた。その声は空気を激しく震わせ、離れていてもなお俺たちの鼓膜を強く揺らす。

こいつは――！

俺は全身が炎のように燃え上がるのを感じた。湧き上がる激情。怒り、憎しみ、悲しみ、喪失感。

こいつは、あの日、王国を襲ったゴーレム軍団の中にいた奴だ。身長100メートルを超えるゴーレムは他にいなかったし、間違いはないだろう。

カレンの、仇だ。

『俺は魔導王様の側近「機甲巨人」！』

魔導王の側近……つまり、以前に戦った神樹伯爵と同レベルのモンスターか。ちょうどいい。魔導王に連なるものであれば歓迎だ。

『その竜に用がある。俺と共に来てもらおう』

巨人は俺を指さす。こいつも神樹伯爵と同じく、魔導王の命令で俺を連れ帰ろうとしているようだ。

『残りは不要だ。今、まとめて踏み潰してやろう――』

機甲巨人が踏み出す。

そう簡単にミラたちをやられてたまるか！　だが、あの巨体に生半可な攻撃は通用しないだろう。

手持ちの攻撃スキルを改めて確認してみる。

【滅びの光芒】ＬＶ４　【災いの波動】ＬＶ３　【大罪の火炎】ＬＶ１　【大罪の氷雪】ＬＶ１

以前よりステータスもスキルの力も上がっているとはいえ、魔導王の側近クラスを相手にどこまで通じるか。今の――『真の力』を使えない状態の俺で、どこまで戦えるだろうか。

いや、考えていても仕方がない。まずはぶつけてみるんだ、俺の全力を。その上で効かなければ次の策を練り、臨機応変に動くしかない。

俺は大きく飛び上がった。使用したスキルは【大飛行】でなく【飛行】の方である。スキル【大飛行】は航続距離は長いがクールタイムも相応に長い。戦闘においては通常の【飛行】の方が使い勝手がいい。

スピードなら、俺の方が上。

空中を不規則に飛び回りつつ、巨人の死角からブレスを放つ。まずは【大罪の火炎】だ。

だが、炎のブレスは、巨人の表皮にあっさりと弾き返された。

「通じない!?」

焦げ目一つつかない。思った以上に機甲巨人の防御力は高いようだ。まったく歩みを止めることなく、巨人は進み続ける。

「こ、こっちですぅ！」

キュールが走り出した。

素早い動きで巨人を惑わせつつ、背後に回りこむ。足首の辺り——ちょうど鎧のパーツの継ぎ目に斬撃を叩きつけた。

やるな、と俺は感嘆した。

あれだけ巨大な相手を前にしても一歩も臆さない勇気。そして相手の死角に潜りこむスピード。年若いが一流の剣士だ。

——ぎしりっ……。

表面装甲が歪み、継ぎ目に亀裂が走り——一瞬で、再生した。

「えっ……？」

呆然と立ち尽くすキュール。

『我が体は不可侵だ。魔導王様にいただいた究極の素材でできている。ゆえに——何人たりとも傷つけられん』

巨人が体を揺らして笑う。

『そら、今の一撃に罰を与えてやろう』

まずい！

俺は慌てて飛び出そうとした。

だが、距離が遠すぎる――。

「ひ、ひいいいいっ、助け……ぶぎゃ……ぁ……」

恐怖の絶叫は、肉と骨が一緒くたに潰れるような音によって掻き消された。

「あ……ああ……」

リーリアが呆然とした顔でへたりこむ。股間にじわりと染みが広がっていった。

視線の先には、原形を留めぬほどに潰れてしまったキュールの姿。

そう、あの日――無惨に殺されたカレンと同じように。

若く美しい少女剣士は、ただの潰れた肉塊へと姿を変えていた。

「キュールが……キュールがぁぁぁぁぁぁっ！」

リーリアが絶叫した。失禁したまま立ち上がれないようだ。

「殺される！　私たちはみんな殺されるんだ！　ひいいいい、助けて、神様ああああああっ！」

「――大丈夫です、リーリアさん」

ミラが静かな声で彼女を諭した。

「まず落ち着きましょう。簡単に心は鎮まらないでしょうけど、落ち着く努力を。そして考えましょう。あたしたち全員が生き残る道を」

「キュールは死んだ。まずそれを受け止めて」

と、コレットが続ける。その言葉に、少しだけリーリアは落ち着いたらしい。

「その上で——あいつへの対抗策を練るの。あたしたちみんなで」

「うううううう……」

恐怖からか、絶望からか、リーリアは歯をガチガチと鳴らしたまま動かない。このまま逃げずに留まっていたら、全員が機甲巨人に踏み潰されるだろう。

それこそ、さっきのキュールのように。

「ここは俺が奴を引きつける！　そっちは頼むぞ、ミラ！」

唯一、俺と意思疎通ができるミラにそう叫び、翼を広げる。

スキル【飛行】発動。俺は空中100メートル近くまで一気に飛び上がると、【滅びの光芒】を放った。

進化したおかげで、今の【滅びの光芒】は『通常版』の威力が『全開版』相当になっている。以前はクールタイムが発生したが、それもゼロである。要は、いくらでも連発できるのだ。

貫け！

湧き上がる闘志と殺意を込めて、俺はブレスを吐き続けた。螺旋状に回転する光線が、雨あられと降り注ぐ。

『——ふん』

だが、機甲巨人もさすがに魔導王の側近である。

　貫通特化のドラゴンブレスは、奴の表面装甲にあっさりと弾き散らされた。

『貫通力が足りんな。神樹伯爵はこんな奴にやられたのか……？』

　訝しげに俺を睨む巨人。

『あるいは――奥の手でも隠し持っているのか？』

　俺は答えず、さらにブレスを放つ。やはりダメージを与えられなかった。

　さすがに、硬い。

『どうした、打つ手なしか？』

　巨人が体を揺らして笑う。

『なら、はたき落としてやろう、お前など俺から見ればハエのようなものだ』

　巨人が平手打ちを繰り出してきた。

　文字通りのハエ叩き。俺は翼を思いっきり羽ばたかせ、急旋回した。直撃は避けたものの、直後に突風が押し寄せ、俺は空中でバランスを崩す。

『気を付けて、ガルダ。あいつの一撃は風を起こして気流を乱れさせるよ』

　ナビが警告した。ありがたい忠告だが、食らう前に教えてほしかったものだ。

『乱気流の中で上手く飛ぶのは、まだ慣れてないガルダには難しいはず……』

　……だな。

　直撃を避けても、気流の乱れで動きが鈍ってしまう。そこを狙われて、第二撃が来たら――。

　俺は空中で後退して巨人から距離を取った。

『なんだ、臆したか？』

まだだ……！

俺は翼に力を込め、急降下を開始した。全力の羽ばたきに重力の加速もプラスして、最高速で突っこむ。そのままブレスを吐き出した。

使用したのは【大罪の火炎】。爆光と爆炎が周囲に溢れる。

『無駄だ！　さっきも試しただろう。その攻撃では俺の鉄壁の防御は破れん』

――だろうな。

俺は内心でほくそ笑みつつ、急旋回する。

『これは……み、見えん……!?』

余裕そうだった巨人が突然戸惑いの声を上げた。

そう、今のブレスは攻撃目的じゃない。相手の視界を奪うための一手だ。そして本命は、今から放つブレスだ。

俺は奴の胸元付近に【滅びの光芒】を放った。さらに【大罪の火炎】を、【大罪の氷雪】を、続けざまに浴びせる。

手持ちのドラゴンブレスの乱れ撃ちである。

一発一発の威力は足りなくても、連撃ならば――どうだ！

先ほどとは比べ物にならない、すさまじい閃光が周囲に広がった。

大爆発だった。いくら奴が圧倒的な耐久性を誇ろうとも、これだけの攻撃を集中させれば――。

『おの……れ……』

黒煙の中から、巨大なシルエットが現れる。

えっ……!?

俺は驚きに目を見開いた。

巨人の姿が、変わっていた。

全身の装甲の各部が開いている。その内部から深紅の輝きが溢れ、それが触れた大地をえぐり、大気を焼く。

『魔力の輝き、ね』

ナビが言った。

『たぶん、普段は内部に貯蔵してるんでしょう。それを一気に燃焼する際、余剰エネルギーがあして周囲に振り撒《ま》かれているのよ』

余剰エネルギーだけでもすさまじい力がこもっているようだが……。

つまり、これまではまったく本気じゃなかった、ってことか。

『ええ、ここからが全開、ってことよ』

ナビの言葉は聞こえていないだろうが、機甲巨人はアピールするように叫んだ。

『俺の体を覆っている装甲は単なる鎧ではない。真の力を抑えこむためのリミッターだ!!』

機甲巨人が語る。なるほど、ナビの話と一致する説明だ。

『なぜ、抑えこんでいるか分かるか？　全力を出すと、あまりの破壊力で周囲に何も残らんからだ』

そう言うと、巨人の全身からさらに鮮烈な輝きが立ち上った。よく喋りたがる奴だ。

『後悔しろ。もはや俺自身にも止めることはできん。俺のエネルギーが切れるまで、全てを破壊するだけだ――』

全身の砲門がいっせいに火を噴く。

爆炎と爆光。地表に沿って閃光が走り、連鎖的な爆発が巻き起こる。本当に地上全てを破壊するのではないかと思わせるほどの、すさまじい攻撃エネルギーの嵐だった。

かわしながらミラたちを探す。果たして、彼女たちは大丈夫だろうか――？

俺は急いで三人の元へ向かった。

「くううっ……！」

「お、重い――」

コレットとリーリアがそれぞれ防御呪文を展開し、二重のシールドで爆発の余波を防いでいた。

だが、魔力によるシールドは激しく明滅して、既に破れる寸前といった様子だ。攻撃が直撃したわけではなく、単なる余波でこの状態である。

次の攻撃が、もっと近くに着弾したら――より大きな衝撃が来たら、防げないかもしれない。

俺自身は空に飛ぶなり、ドラゴンブレスで相殺するなりすれば、大きなダメージは受けないだろう。だが、ミラたちは助からない。

どうする――!?

その瞬間、俺の視界が突然切り替わった。

切り立った山々は純白、頭上の空は漆黒。白黒の二色に彩られた世界だ。

以前の平原とは違うが、ここは『内なる境界』か……!?

「そういうことね」

目の前に銀髪褐色肌の美少女が出現した。擬人化して美少女の姿となったナビだ。

……なぜ俺がこの世界に来たのか、なんて考えるのは後回しだ。今必要なことは、たった一つ。

「……ナビ、もう一度行けるか。あれを」

俺はナビに問いかけた。

「ガルダ？」

「迷っている時間はない。俺に力を貸してくれ。もう一度、『真の暗黒竜王の力』を使って、機甲巨人を止める」

そう、神樹伯爵戦で使った『真の力』だ。あれなら伯爵と同格の力を持つであろう機甲巨人とも、十分に渡り合えるだろう。『内なる境界』にいる今なら、俺の中に宿る『真の暗黒竜王』に呼びかけ、力を使わせてもらえるかもしれない。

暗黒竜王！　いるなら応えてくれ！　頼む！

『――耐えられるのか、お前の精神力で』

声が、した。

以前にも『内なる境界』で聞いた声。真の暗黒竜王――俺の中に巣食う、そいつの声だった。

前方が揺らぎ、全長100メートルを超える巨大な黒竜が出現した。

『お前の体が我が完全体に近づけば近づくほどに「真の力」を使う際の負担は小さくなるが、今のお前は本来は完全体で使うべき「真の力」を無理やり顕現させているに過ぎん』

「今の俺では、消耗や負担が大きすぎる……ってことか？」

『前回、真の力を使った時よりはお前も進化している。負担は減るだろう。それでもなお莫大《ばくだい》な消耗を強いられるはずだ。あの時、お前の意識は消失する寸前だった。幸運にも覚醒できたが……次も同じ幸運が起きるとは限らんぞ』

「……なら、今度は俺自身の精神力で制御してやるさ。運に頼らずに、な」

俺は暗黒竜王を見据えた。まっすぐに。強い意思を込めて。

「その力は『今』必要なんだ。悠長に進化を待っていたら、みんな殺されてしまう。だから――俺に力を貸してほしい」

『……いいだろう』

暗黒竜王の声に、少しだけ興味深そうな色が混じっていたのは果たして気のせいだっただろうか。

ともかく俺は、奴の力を借りられることとなった。


――そして。

俺の視界は戻り、俺の中から、再びあのすさまじい力が湧き上がる。神樹伯爵戦で生じたのと同じ現象。圧倒的すぎる力の奔流。おそらくは神や魔王に比肩《ひけん》するほどの――まさしく『最強』を具現化した力。

――るおおおおおおおおおおおおおおおおおおおおんっ！

俺は吠えた。体中が熱い。内側から炎が溢れそうな感覚だった。

あまりにも強大な暗黒竜王の力――進化したとして、その全てを俺の手中に収めることは、まだできない。

現時点で俺がまともに使えるのは、あの時と同じくせいぜい20％程度だろう。

だが――それで十分だ。十分すぎるほどだ。

魔導王の側近クラスを倒す程度なら、な。

さあ、これで幕引きだ――！

俺の姿が、変化した。

神樹伯爵戦と同じく、無数の刃で構成されたような鋭角的なフォルムの黒い竜である。俺は深紅の瞳でまっすぐに機甲巨人を見据えた。

『な、なんだ……!?　さっきとは雰囲気が――』

機甲巨人が狼狽えたように後ずさる。

『雰囲気が変わった……!?』

変わったのは雰囲気だけじゃない。それを今見せてやる!!

――ごうっ！

俺はブレスを吐き出した。まずは牽制の一撃。基本攻撃ともいえる【滅びの光芒】である。

『ぐっ、がぁぁぁぁぁぁぁぁっ!?』

その一撃だけで、巨人の左腕が消し飛んだ。

全力を出していなかった時はまったく通用しなかったそれは、全力同士でぶつかった時、俺に分があったようだ。

『な、なんだ、この威力は――魔導王様からいただいた不可侵の体が……！』

不可侵だって？　そんな程度で不可侵と言うのなら――。

俺のブレスは、それを一億回程度は粉砕できるぞ!!

『貴様ごときが、この俺を……偉大なる魔導王様に生み出された、唯一無二の存在であるこの俺を』

「唯一無二？　随分と御大層だな」

俺は奴に語りかけた。

本来、竜である俺は人の言葉を発せない。だが『真の力』を解放した今なら、数百数千のスキルの中から【人語発声】や【意思疎通】などを使って、これくらいの真似《まね》は簡単にできる。

『口が利けるのか……!?』

「お前を殺す前に伝えておきたくて、な」

俺は傲然《ごうぜん》と機甲巨人を見下ろした。

『伝えるだと？　何をだ？』

「お前を殺す者の名だ」

俺は静かに告げる。

「ガルダ・バールハイト。お前たちに蹂躙され、虫けらのように潰された男の名だ」

『な、何……？』

「人間たちを容赦なく殺してきたお前が――今度は俺によってゴミのように殺されるんだ」

『人間どもを殺してなぜ悪い！　俺はそのために作られた！』

巨人が吠える。

『だいたい、人間などいくらでも生まれてくる！　代わりなどいくらでもいるだろう！　国一つ分殺したとて……！』

「代わりなんて、いない」

俺は静かに首を振った。かけがえのない仲間たちだった。そして、彼女たちはもう戻ってこない。

『だったら、どうする？　この俺を破壊するのか？　それなら、お前も殺戮者ではないか！』

「そうだ。俺もお前たちと同じ――魔獣になる」

全てを滅ぼす力を持つ、最強の魔獣に。

魔導王やその軍団を歯牙にもかけない最強の竜に。

俺は、その領域に辿り着く。

「だからお前は、ここで消えろ」

『ひ、ひいいいいいいいいいいいいいいいいいっ、助けてくれぇぇぇぇぇぇっ！』

うろたえる機甲巨人を冷ややかに見据え、俺は全てを消滅させるドラゴンブレス――【終末の極光】を放った。

黄金の輝きの中に、巨大な体が溶け消えていく。拍子抜けするほど簡単に、奴の存在そのものが呑み込まれ、まさしく虫けらのように消えていく。

——見てるか、カレン、みんな。

俺は巨人によって無惨に殺された彼女たちのことを思った。

仇は討ったぞ——。

俺は機甲巨人を倒し、大量の進化ポイントを得た。

それによってさらに進化し、『ダークヤングドラゴンⅢ』になることができた。ナビの話によれば、次はおそらく成竜に進化できるだろうということだ。

少しずつではあるが、俺は素の状態でも『真の暗黒竜王』へと近づいているんだろう。

そうなれば、より確実に真の力を制御できるようになる。魔導王との決戦を前に、もっともっと進化しておきたいところだ。

そのためにも、旅はまだまだ続く。

リーリアとは安全なところで別れようとしたのだが、

「私も——君たちと共に行くよ」

リーリアはそう言った。目が腫れぼったいのは、先ほどまで泣きながらキュールを埋葬していたからだ。

戦いを終えた後、俺たち全員で彼女を弔った。そして、別れを告げたのだ。

そして、再び遺跡に向かって出発することになったわけだが――。

「キュールはもういない。だけど、二人で目指した最後の冒険を……私は完遂したいんだ」

リーリアが寂しげに微笑む。

「では、改めて。よろしくお願いしますね、リーリア」

「引き続き、頼りにしてるね」

ミラとコレットが微笑みを返す。

「じゃあ、行くか。ミラ。二人と一緒に、俺に乗れ」

進化したことでスキル【大飛行】の航続可能時間も伸びていた。一気に神殿まで飛んでいくとしよう。俺は彼女たちを乗せて、空を進む。山を一つ越え、二つ越え――。

やがて、ひときわ高い山が見えてきた。

「いよいよ、この先だ」

あの山を越えた先に『暗黒竜王の神殿』がある。そこに行けば、俺は『真の暗黒竜王の力』を制御できるようになるかもしれない。

この力は圧倒的だ。

一度目は神樹伯爵との戦い。二度目は機甲巨人との戦い。

いずれも魔導王の側近クラスのモンスターだというのに、俺の完勝で終わった。しかも、それは暗黒竜王の全力には程遠い――一割から二割程度の力なのだ。

もしも１００％の力を得ることができたなら。そして、それを自在に振るうことができるなら……魔導王の軍団とて敵じゃないだろう。

「あれは――」

ミラが前方を指さした。巨大な城塞都市から黒煙が上がっていた。

上空を覆う、竜の群れ。

まさか、魔導王の侵略か……!?

「行くぞ、ミラ。みんな」

俺は翼を広げた。

神殿に行く前に、まずは奴らを蹴散らす。エレノア王国の騎士、ガルダ・バールハイトとして。

そして魔導王を打倒するために最強を目指すモンスター、暗黒竜王として。

俺は、戦い続ける――。

書き下ろし番外編　神託の勇者アーバイン

『アーバイン・ラウ。あなたを新たな勇者として認めましょう。これを神の意思――「第3098870号神託」として宣言いたします』

神殿に、光が満ちた。

その中央に、燃えるような赤い髪の少年が佇んでいる。

「俺が……勇者……」

まばゆい輝きに包まれながら、彼――アーバインは呆然と呟いた。

近隣の商家に住む十三歳の少年である。

眼前に、一本の剣が浮いていた。剣身から柄まで純白の美しい剣だ。

『「聖剣ファルミューレ」です。これから先、あなたの力になってくれるでしょう』

声の主は見当たらない。はるか天空の世界――『神界《しんかい》』に住まう神が遠く離れたこの世界に意思だけを飛ばしているのだという。

「これで……俺は勇者になったんですか、エルク様」

アーバインが傍らに立つ初老の男に尋ねた。

「『神託』が成立いたしました。今よりあなたは新たな勇者です」

彼、エルクが頷いた。大陸で最大勢力を持つ光輝教団の大司祭である。また、アーバインに『あなたが次代の勇者だ』と告げて、この神殿まで連れてきた人物でもある。

「それと、私に対して敬語は必要ありません。私は勇者アーバイン様に仕える者。なんなりと、存分にお命じください」

「いや、エルク、エルク様に対してそんな――」

「エルク、とお呼びください」

初老の大司祭がアーバインを見据えた。鋭い瞳だ。

「あなたはこれから『神託』に従い、幾多の『世界の敵』と戦わねばなりません。私をしもべとして扱うくらいのこと、できなくてどうしますか」

「……分かりま……いや、分かった。エルク」

アーバインは大きく息を吐き出し、頷いた。

改めて決意が漲る。自分が新たな勇者に任命されるという『神託』を受け入れたのは、多くの人を守りたいからだ。友や家族といった身の回りの人を、そしてもっと大勢の人々を。

自分にしかない力があるなら、その力でもって守りたい。

「勇者だからな。みんなを守るために、俺は戦う」

――現在、彼の住む国に強大なアンデッドモンスター『髑髏魔人《どくろまじん》』が攻め入っている。

それを討つのが、勇者としての初陣だ。


二年が、過ぎた。

アーバインは『髑髏魔人』をあっさりと討ち滅ぼし、勇者として鮮烈な初陣を飾った。それを皮切りに、既に『神託』によって『世界の敵』と認定された魔族やモンスター、大悪人などを合計で五体討伐している。

そして、今日は新たな『神託』が下るということだった。おそらく、六体目の『世界の敵』を討伐するべく、神が命じるのだろう。

「よう、三ヶ月ぶりだな、アーバイン」

出迎えてくれたのは、金髪碧眼《へきがん》、野性的な容貌の青年騎士だった。

名はダリル。大陸で五指に入るといわれる騎士である。

「いや、今じゃナンバーワンの騎士だろうな。ダリルは」

「そうでもねーさ」

呟いたアーバインに、ダリルが肩をすくめた。

「エレノア王国にはガルダっていう騎士がいるらしい。噂を聞くかぎり、そいつは俺と同等……もしかしたら、それ以上の腕かもしれない。一度手合せしてみたいもんだぜ」

「また始まった」

歩み寄ってきたのは、赤い髪を足元まで伸ばした美女だ。

名はマルグリット。史上最年少でラシェル王国の宮廷魔法使いに就任した天才である。

「本当に剣の勝負が大好きなんだね、ダリルって」

「強い奴との戦いは胸が躍るからな。剣こそ我が命、戦場こそ我が居場所ってね」

「そういえば、あんたと初めて会ったのは戦場だったな、ダリル」

――一年ほど前、彼は戦場でダリルと対峙した。

アーバインがとある魔族を討伐に出た際の話だ。その魔族は強力な洗脳呪文を使い、大勢の騎士を手勢にしていた。ダリルもその一人で、アーバインを襲ってきたのだ。

最終的にはアーバインと仲間たちによって魔族を討伐。洗脳呪文を解除し、ダリルも解放された。

「俺はお前に救われた……その恩は一生忘れない。だが、それと勝負は別だ」

ダリルの笑みが深まる。

「俺は騎士として誰よりも強くありたい――だから、お前にもいつか勝つ」

「誰よりも強くありたいのは、俺も同じさ。どんなに強い敵が現れても勝てるように。世界中の人たちを守れるように」

アーバインが爽やかに笑う。

気持ちの出どころは違っていても、目指す場所――『最強』という頂は同じだ。二人は、がつん、と拳を突き合わせた。

ライバル心と闘志と敬意と友情と。彼らの間には、そのいずれもが通っているのだ。

「いいなぁ、そういうの。男同士の友情ってやつ？」

マルグリットがまぶしそうな顔でアーバインとダリルを見つめる。

「あたしは純粋にあんたに惚《ほ》れたから、かな？　だから、どこまでもついて行くよ」

「おいおい、そういうのはアーバインと二人っきりの時にやれよ」

「じゃあ、あんたは席外してよ。今から、あたしと彼でイチャイチャするから。超するから」

「イチャイチャは別に……」

年上美女からのアプローチに、アーバインは思わずたじろぐ。

「にぎやかでいいですなぁ」

新たにやって来たのは、初老の男だった。

大陸最大勢力を誇る『光輝教団』の大司祭であるエルクだ。

「私があなたに付いていく理由は、あなたこそ我が信仰の全てを捧げ、仕えるべき相手と確信したからですよ、アーバイン様。あなたが『神託』を受け、聖剣を授かったあの時に、ね」

三者三様――理由は違えど、それぞれ強い意思で自分に付いてきてくれる。そんな仲間たちの存在が嬉しく、また頼もしい。

「で、今回の神託は？　エルク」

アーバインが尋ねた。

「超古代において猛威を振るった最強クラスのモンスター『雷帝竜《らいていりゅう》』が現代に復活しました。新たな『世界の敵』の出現です。つまりは」

「神による討伐命令、か」

勇者パーティは七人編成である。だが全員が揃うことはまれで、今回はアーバインを含めて四人が招集された。

「俺たち四人で『世界の敵』を討つ。勇者パーティの名に懸けて」

アーバインが凛々《りり》しく宣言した。


雷帝竜。

超古代文明において活動し、竜王クラスに匹敵するといわれる最強の竜――。

アーバインたちは新たな『世界の敵』に認定された、この竜と対峙していた。

雷帝竜復活からわずかな時間で、既に二つの国が滅亡、三つの国が大被害を被《こうむ》っている。『神託』に従い、全速力で駆け付けたにもかかわらず、だ。

圧倒的な破壊能力だった。

「これ以上、もう誰もやらせない！」

「ぬかせ、【滅びの光芒】！」

雷帝竜が青白い閃光を吐き出した。

破壊力に特化したドラゴンブレス【滅びの光芒】。

上級以上の力を持つわずかな竜種しか使えない、最強のブレスの一つだ。

だが、アーバインはひるまない。恐れない。退《ひ》かない。

「退く理由が――ない！」

アーバインは純白の剣を掲げた。

「吠えろ、我が聖剣『ファルミューレ』！」

「馬鹿な!?　俺のブレスが掻き消される!?」

「終わりだ！」

アーバインが聖剣を振るう。閃光がほとばしり、巨竜の胴を深々と斬り裂いた。返り血のシャワーを浴びつつ、アーバインは歯ぎしりする。

「大勢の人を救えなかった……」

「あたしたちは最速で駆け付けたよ。それでも助けられない命はある」

背中からマルグリットが抱きしめてくれた。

「お前がいなきゃ、もっと多くの被害が出ていたんだ。胸を張れ、大将」

「あなたの働きは勇者に相応しいものですよ、アーバイン」

ダリルとエルクが慰めてくれた。

だが――悔しさは消えない。

最強の竜を圧倒した喜びなどなかった。どうしようもない、やるせなさだけが残っていた。

「俺は……もっと強くなる」

渇望は止まない。既に二年前とは比べ物にならないほど強くなった。

だが――悔しさは消えない。

「全ての人を守れるように……もっと、強く――」

アーバインは、最強への道を歩む。

たとえ相手が魔王や竜王であろうとも、たやすく打ち倒せるほどの最強への道を――。

あとがき

はじめましての方ははじめまして、お久しぶりの方はお久しぶりです。六志麻あさです。

このたびは、ＢＫブックス様から『暗黒竜王レベル１に転生　いずれ神も魔王も超えて最強の座に君臨する』を出版させていただけることになりました。

内容はタイトル通り、元王国の騎士だった主人公が『暗黒竜王』というモンスターに転生し、さまざまな敵とバトルを繰り広げつつ、だんだんと強く進化していく物語です。物語を彩るヒロインも次々に登場していきます。

また、本書は『小説家になろう』様に掲載している同タイトルの作品の書籍化となります。内容的には、なろう版の１章から４章を出版に当たって読みやすいように加筆修正したものに加え、書き下ろしのエピソードが収録されています。

書き下ろしの内容は、主人公『暗黒竜王ガルダ』のライバルともいえる勇者アーバインとそのパーティを描いた番外編です。ウェブ版では読めない書籍版だけの特典ですので、ぜひお楽しみいただければと思います。

また、専門店さんによっては特典として書き下ろしのＳＳが付きますので、そちらもお楽しみいただけましたら幸いです。

では、最後に謝辞に移りたいと思います。

本作の書籍化を打診いただいたBKブックス編集部様、またさまざまなご指摘、ご助言をくださった担当編集のI様、本当にありがとうございます。

そして、とても可愛いヒロインたちとカッコいい暗黒竜王を描いてくださった、ぐりーんたぬき先生、本当にありがとうございます。表紙のミラ、アビー、コレットの三人娘が可愛いですね。そしてガルダも可愛い！

さらに本書が出版されるまでに携わってくださった、すべての方々に感謝を捧げます。

もちろん本書をお読みいただいた、すべての方々にも……ありがとうございました。

それでは、次巻でまた皆様とお会いできることを祈って。

二〇二〇年八月　六志麻あさ

※著者ツイッターはこちら↓@amakusashiro7

BKブックス

暗黒竜王レベル1に転生

いずれ神も魔王も超えて最強の座に君臨する

2020年8月20日　初版第一刷発行

著　者　六志麻《ろくしま》あさ

イラストレーター　ぐりーんたぬき

発行人　大島雄司

発行所　株式会社ぶんか社
〒102-8405　東京都千代田区一番町29-6
TEL 03-3222-5125（編集部）
TEL 03-3222-5115（出版営業部）
www.bunkasha.co.jp

装　丁　AFTERGLOW

編　集　株式会社 パルプライド

印刷所　大日本印刷株式会社

定価はカバーに表示してあります。乱丁・落丁の場合は小社でお取り替えいたします。

本書の無断転載・複写・上演・放送を禁じます。

また、本書のコピー、スキャン、デジタル化等の無断複製は著作権法上の例外を除き禁じられています。

本書を代行業者等の第三者に依頼してスキャンやデジタル化することは、たとえ個人や家庭内での利用であっても、
著作権法上認められておりません。本書の掲載作品はすべてフィクションです。実在の人物・事件・団体等には一切関係ありません。

ISBN978-4-8211-4562-1
©Asa Rokushima 2020
Printed in Japan